亚洲经典著作互译计划

本书由 Q.Y.L VIENTIANE MEDIA AND TOURIST CO.,LTD 协助出版

文学作品与时代同行

Vannasin 杂志编辑部　编
陶文娟　尚正丽　译

河北出版传媒集团
河北人民出版社
石家庄

图书在版编目（CIP）数据

文学作品：与时代同行 / 老挝Vannasin杂志编辑部编；陶文娟，尚正丽译. -- 石家庄：河北人民出版社，2023.7
　ISBN 978-7-202-16127-2

　Ⅰ. ①文… Ⅱ. ①老… ②陶… ③尚… Ⅲ. ①故事-作品集-老挝-现代 Ⅳ. ①I334.45

中国版本图书馆CIP数据核字(2022)第209431号
冀图登字 03－2023－138
本书依据新闻文化与旅游部文学出版司老挝作家协会2023年009号文件《版权证明书》，由老挝作家协会授权河北人民出版社在中国出版发行。

书　　　名	文学作品：与时代同行
	WENXUE ZUOPIN YU SHIDAI TONGXING
编　　　者	Vannasin 杂志编辑部
译　　　者	陶文娟　尚正丽
总策划编辑	王斌贤
策 划 编 辑	荆彦周　侯福河
责 任 编 辑	高 菲　陈冠英
美 术 编 辑	李 欣
封 面 设 计	于 越
责 任 校 对	余尚敏
出版发行	河北出版传媒集团　河北人民出版社
	（石家庄市友谊北大街330号）
印　　　刷	河北新华第一印刷有限责任公司
开　　　本	880毫米×1230毫米　1/32
印　　　张	5.875
字　　　数	104 000
版　　　次	2023年7月第1版　2023年7月第1次印刷
书　　　号	ISBN 978-7-202-16127-2
定　　　价	48.00元

版权所有　　翻印必究

如有印装质量问题，请拨打电话0311－88641240联系调换。

前言

QIANYAN

《万那信》作为一本致力于推动老挝民族文学艺术发展的刊物，是老挝文艺百花园里一朵盛放的奇葩。作家、诗人们用尖锐的笔触、生动的文字，创作了无数令人骄傲、为之动容的作品。刊载在《万那信》杂志上的作品有无与伦比的文学价值，不仅使老挝文学艺术的殿堂变得更加璀璨夺目，还因其深刻、广泛的内容，获得了全社会读者的青睐。

20多年时光荏苒，《万那信》杂志上发表过的作品至今仍耐人寻味，具有较高的文学价值。鉴于此，为了让广大读者有机会重温这些精品，再次与自己喜爱的作家、诗人有次近距离的接触，编辑部特将曾经发表在《万那信》杂志上的部分短篇小说结集成册。本书所有作品，均完整保留了原文内容以及每位作家原汁原味的艺术创作风格。

我及杂志编辑部全体同仁衷心希望我们的作品集能得到社会各界人士的喜爱和支持,对于编辑和印刷过程中的不足之处也请大家给予批评指正。

同柏·坡提散
杂志社社长兼总编
老挝作家协会秘书长

目录
MULU

鸟儿飞过糖棕树梢 / 001

价值与价格 / 006

寄给哥哥的信 / 010

呜咽的河 / 023

妻子的气味 / 025

时钟与生命 / 043

人类啊，求求你留我一口气吧！ / 056

空中王国 / 059

一出好戏 / 064

被人遗忘的水牛 / 073

阔卡嫩村 / 078

被盗伐的树 / 082

为了一个在塞公的人 / 086

利令智昏的项链 / 100

疯狂的黑犬 / 105

约会 / 110

硝烟和汗水 / 118

真诚 / 124

慈母之心 / 140

折价 / 147

湖边的清莲 / 156

妹妹还在等你 / 161

当我不再疯狂 / 170

戴面具的人 / 175

鸟儿飞过糖棕树梢

◎乌亭·本亚翁

三月初,遍地盛开的马鹿花在落日余晖的掩映下显得格外灿烂耀眼。不远处有一棵糖棕树,枝干挺拔,全然一副任你狂风暴雨,我自岿然不动的架势。在村民眼里这树就是一个计时器,当太阳升到树梢正上方时便是正午,等太阳降到和树梢同一水平线时,就意味着要赶着牛羊回家了,家庭主妇们则要开始忙着烧火做饭了。

每家每户厨房里飘出了白色的炊烟,那里面既有木柴相互碰撞摩擦后所产生的烟雾,还混杂着蒸饭甑子里冒出的水汽。傍晚时分,阳光透过树枝,与烟雾相互作用后使得到处都变得影影绰绰,光影交错缠绕,游走于半空之中。

南温蒸好米饭,便和7岁的儿子尼德坐在露台上,房前是宽敞的庭院,紧挨着院子边的土路上,以前只有牛车来来往往,自去年年中开始,常常会看到拉木头的大卡车从这里经过。此时路上渐渐有了人气，人们忙完了田地里的活计正陆陆续续地往家赶。接着，牛群出现了，赶牛人紧随其后，牛打响鼻声、脖铃声，伴随着犬吠声，预示着老百姓一天的生活即将结束。

南温环顾道路四周，留意着来往的行人，在他们中间偶尔就能看到丈夫提丹的身影，结束了一天的劳作之后他正在往家的方向赶着。南温并不是在刻意等着丈夫，只是偶尔会恰巧碰上他回来。

几乎每天傍晚，南温都要和孩子坐在露台上，在太阳落下西边山峰前，看看大自然里，田野上空翱翔着的小鸟。鸟儿三三两两地自村东边飞回到西边的树林里，有几只飞得高一点，有几只飞得低一点，它们看起来就像是一些保持匀速，但没有丝毫迟疑地，向前移动着的圆点。返巢的鸟群中，有一对鸟儿总是并排一起，像两条平行线一样直直地飞过糖棕树的树梢，天天如此。正值傍晚时分，它们展开白色的双翼，翅膀划过天空，格外壮观。南温也不记得这两只鸟儿一起并排飞过糖棕树梢的场景出现有多久了，自从出夏节以来就每天都能看到。南温指给儿子看这对鸟儿，两人一起目不转睛地盯着看，南温的思绪也跟着一起飘到了远方……她也想变成鸟儿，在广阔的天空飞舞。有时候这对鸟儿会消失在母子俩的视线里，飞向远处后又再次出现，但是只能看到一个小小的点儿……

"那儿！在那儿！妈妈，它们在那两棵高高的树上。"眼神更好一些的儿子还指给妈妈看。

"哪儿？在哪儿？嗯，看见了，只剩个点儿了！现在又看不见了。"

"还看得见，妈妈，还剩针尖儿大的一个点儿，那儿，飞去那儿了，点儿更小了……呵，看不见了，现在彻底看不见了，妈妈。"

"一会儿你爸爸要回来了。"南温常跟儿子这样说。

南温和儿子惬意地坐在一起看鸟儿，时不时地南温会进厨房往火炉里添点柴。院子里靠近楼梯脚的地方堆着一个小沙堆，还放着两三个啤酒罐和可乐罐。这些罐子颜色醒目，对这个村子的人来说算是新奇事物，儿子尼德看这东西好看就捡回来玩，但是母子二人都不曾尝过罐子里饮料的味道。像这样的废弃物是从去年年底开始出现的，它们散落在进村的路上，除此还有些三五牌香烟的空烟盒。这些都是那帮开着崭新卡车和皮卡车的人带来的，起初村民把坐在车里的人叫作木材贩子，但是这帮人显然不喜欢这个称呼，便让村民叫他们作木材商。"商人"这个词对于村民来说也是个新奇事物，村民们不太理解，于是干脆连着一起叫，叫他们"木材商贩"。有几次村民看到这些木材商挎着长长的枪，说是要去打猎。

成群结队的鸟儿在天空飞翔，除了为数不多的几只外，它们中的大部分都已经飞到田野另一边去了。但是今天南温和儿子没有看到以往成双成对飞过糖棕树的那两只鸟儿。南温不相信它们突然更改了回家的路线,因为昨天还曾看到过。莫非是有人破坏了它们的家园,拿走了鸟蛋,于是它们不得已更换了住所,不得已改变了返巢的路线?想到这,南温闭上了眼睛,她不愿意再往那方面想。南温更愿意相信它们是到更远的地方觅食去了,所以才迟迟未归。南温抬头远望,希望一会儿就能看到它们。她不禁幻想着:那对鸟儿从远方觅食回来了,此时正在天空比翼齐飞,越飞越近,飞进了田野,随后就会像平常那样一起越过糖棕树树梢……南温又瞄了眼树梢,可还是没看到。

南温的丈夫提丹到家了。

就在他进家前不一会的工夫,一辆皮卡车从庭院前飞驰而过,车后面带起了滚滚灰尘。提丹说,他看到木材商打了两只大鸟儿,挂在皮卡车的后面。

南温一时语塞,她感觉身体里的某样东西被掏空,让她心灰意冷。南温在心里祈祷着千万不要是那两只飞过糖棕树的鸟儿啊。旱季的风轻轻吹来,太阳隐没在山的那头。夜幕降临,南温看着扔在庭院里的啤酒罐和可乐罐,自己虽然从没买来喝过,但罐子却越积越多,与此同时,每次田野上空飞过的鸟儿却在一只一只地减少。

数日以来,南温发现拉木材的车多了起来,车子朝着村西头鸟群栖息的树林开去。这条通往这个偏远山村的唯一通道上一直悬浮着前所未见的尘埃,一些灰尘飘落到路边的树叶上,树叶也随之变得暗沉,一些则沾染了路边正在盛开的马鹿花。

此后,南温和儿子再也没见过那对飞过糖棕树树梢的鸟儿。

价值与价格

◎杜昂·占芭

"来碗粉,要细粉。"他像店里的常客一样,用最平常不过的口吻说着这句话,然后俯下身子,坐在了圆凳上。他很清楚自己这样的行为不过是虚张声势,汤粉店可不是他随时想去就能去的地方,尤其是在每碗粉的价格已经涨到 200 基普的当下!

他也清楚地知道在当前的社会,能吃上粉是一件多么奢侈的事。不得不承认,对于很多人来说吃粉不仅仅是解决一顿饭的问题,它可不像一小篓糯米饭配上点煨烤肉饼或是香茅草烤小鱼这些食物那么简单。

汤粉是一种特别诱人的街边美食,万象城区街道上的汤粉店越开越多,打广告的方式也让食客们欲罢不能,简直了!摆在店前现煮现卖,腾腾的热气让人忍不住流口水,想马上大快朵颐!食客可以悠闲地坐在凳子上,跷着二郎腿,享受着美食。喏,他就是一个被鼓动着走进自己明明不熟悉却又不能表现出不熟悉这个地方的人。

"得了吧！多余的想法先放一边，毕竟年把才来吃上一回。何况吃粉还送一杯凉茶，还不至于到把兜里的钱花个精光的地步。"他心里想着。

汤粉店招揽顾客的花样真是无所不用其极。刚坐下，就有人用盘子装上切好的柠檬片和辣椒圈端上桌来，还说这是为了安抚焦急等待的客人的，真是有一套！

打量着热气腾腾、香味四溢的米粉，小孩子拳头般大小的粉团上有五六片肉，分开摆放显得数量多些，旁边是切成四瓣的肉丸。200基普就这点东西吗？他想起了常吃的烤肉饼，如果留着钱买烤肉饼带回去给孩子和孩子妈够吃三四顿了，说不定还能额外再送一把熟透了的香蕉！

算了，先安心吃粉吧。天呐，五个月没吃到过这样的食物了！油的香气飘进鼻孔里，说不出来的香，吃东西讲究的是品质，而非食物的数量。

第一口吃进肚里之后感觉一切都值了。这钱花得值，真值！这时耳边传来一群人叽叽喳喳的声音，一群女人的声音。

他依旧安安静静地享受着自己的米粉。

"哎哟！哥哥你是一个人来的吗？"声音甜美但有点刺耳，接着一个身材肥胖的女人在他对面坐下，她把戴满宝石戒指和金戒指的手放在桌子上,那闪闪发光的戒指似乎在向他不断炫耀着它的主人是多么的光鲜亮丽。

一开始他很错愕,这女的是谁?怎么会这样和我打招呼?他又尴尬又觉得这人很"面熟",没思考太久,那个胖女人就解开了他心中的疑惑。

"我差点就去找你了,那样我们可就要错过了呀,要知道你也来吃米粉我就请你一起来了!"

他想起来了!她是每天都去交材料,找他签字的那群人中的一个。一天有几十个人去找他办业务,那么多张脸在眼前晃来晃去,怎么会记得住。他边想边慢慢地嚼着米粉。原本安静享受的气氛被打断后,粉已经没那么香了。

"哥哥要喝什么?冰咖啡、冰奶还是啤酒?啤酒吧,要一罐啤酒!"女人转头点了啤酒,俨然一副有钱女商贩的口气。

他急忙拒绝:"不,不用,有凉茶了。"

"吃完粉,哥哥是回办公室吧?"女人问他。

他点头回应之后继续吃粉,说实话他也不知道该怎么聊下去,面对自己不认识的人。

"那我带着文件和你一起回去吧,哥哥帮我签下字喽。"她说这话时眼光直直怼着他的脸,近在咫尺。

"她要来签字?"他心里一惊,表面却故作镇定。签发文件对他来说本已习以为常,只要文件内容没问题,就可以签字,这本来就是他分内的事。

"噔"的一声,啤酒放在了桌子上,可能是粉太烫了,让他有了想喝水的冲动,于是便伸手想去拿啤酒。

正在这时,洪亮的声音再次响起:"收一下这桌的钱。"女人说完便起身告辞,然后坐回到她朋友身边。

他耳根一红。是粉太烫了吗,还是因为害臊?

"这个女人想干什么?好端端的,为什么过来帮我付了粉钱,还给我买了那么贵的啤酒?"他自己压根儿没想过要掏钱买酒的!

他后背一惊!那女人是要……是要……

他的手停在了原地,如果他喝了那罐啤酒,身上仅剩的900基普肯定不够付,因为罐装啤酒的价格还要更贵些。

他的工作职责就是签发合规的文件,没错,是合规的文件!难道签字的意义是用来交换米粉和啤酒的吗?

"粉多少钱?200吗?把啤酒拿给那桌的人,拿过去!"他付完钱后阔步走出了粉店,走时还不忘看了一眼那个大嗓门的胖女人,眼神自豪且骄傲。他为自己坚持做一名清正廉洁的公务员,没有用手里签字的权力去交换他人的啤酒而感到自豪。他越发抬头挺胸,为自己这样的想法而深感骄傲!

寄给哥哥的信

◎朵吉

我怀着疑问盯着手里沉甸甸的信封，这是万莎婉送来的，她是在莫斯科就读的一名女大学生，我清楚地记得她送这封信来的时候脸上神采奕奕。我们来苏联实习的三个月以来，她一直是我们的翻译，在这期间，我对她产生了好感，且毫不掩饰这份感情。我相信，她对我或多或少也滋生了一些情愫。我们的团长翁玛姐姐把一切看在眼里，她开诚布公地对我说："如果你真的对万莎婉有好感，我是不会阻止的，但是——"

"但是什么？姐姐。"我心急地问道。

"但是你应该把持住一个领导应有的稳重，把握好分寸，在姐看来，她不会随随便便和谁瞎胡闹，她不会——嗯——"

"不会什么嘛，翁玛姐姐，你不要卖关子。"我表现出不满的情绪。

翁玛姐姐笑了一下，接着说："哦哟，你可真是呀，我认为她不会轻易对谁动心，也不会轻易相信任何人。她对待工作一丝不苟，对待朋友，不论男女，一视同仁，这样的人别人很难走进她的内心，何况她年纪也不小了。"她这样说道。

翁玛姐姐说得对，但也不全对。万莎婉确实是几个翻译中年龄最大的，她差不多有二十四五岁了，但是脸上单纯的笑容却不似她这般年龄的人该有的。对于翁玛姐的很多观点我并不认同，想和她争论一番，尤其是"她不会轻易对谁动心"这一点。我是一个单身小伙，样貌嘛，去新成立的电影公司应聘个男一号是绰绰有余的，学识也不低，只要我不懈努力，职位晋升是迟早的事。一起来实习的团队里，大家对我称赞有加，女团员常开玩笑说要让我做她们的侄女婿、妹夫甚至是女婿。之所以会这样，可能是因为我表现出来的绅士风度吧，会帮她们提东西，给她们让座。我也很以此为傲，我认为这是新时代男性本该具备的一种优秀品质。当然我不会把她们说的玩笑话当真，但是这些话不仅可以起到活跃团队气氛的作用，也从一个侧面说明我还是有过人之处的。

为了让这份友谊延续下去，我决定调整好自己的心态，像翁玛姐说的那样，做一个成熟稳重的人，希望时间能够证明我对万莎婉的情感。但是这封沉甸甸的信好像一个不祥之兆，告诉我现实并不如我想的那样，信封上用老挝语清清楚楚地写着：

送给乔贡·本松哥哥

地址：某某部某某司

"请把这封信亲手交给哥哥本人。"她微笑着嘱咐道，眼神格外神秘。

"如果我碰不到他呢？"因为内心压抑的情绪，我的声音显得有点干涩。此时的她笑得更开心了，脸颊两边的酒窝深陷下去，显得她更加娇俏可人。

"那就先放在哥哥你那儿，明年我回来时找你拿，可以吗？"她继续笑着说。

"呃——整整一年的时间呐，那我可以先读读看吗？"我半开玩笑地问道。

"如果你真的帮我保管到那个时候的话，我啥也不说，你看着办吧！"她语气里强调的意味与脸上的笑形成了很大的反差。

"我会尽力把信送到他手上的，但是如果——"

"如果什么？"

"如果去找他五次都碰不上的话，我就要打开看喽，可以吗？"我表面故作严肃，其实内心波涛汹涌地对她说，而她似乎不明白我的意思。

我回到万象已经两个星期了，其间我按照信封上的地址反复去送这封奇怪的信，但屡屡被拒。第三次去的时候，这个部门的工作人员用不解的眼神看着我，很肯定地对我说："我们司里压根就没有这么一个人。"

反复碰壁让我感到很沮丧，眼神也不好意思再与女秘书对视，我心里想，万莎婉这样一个处事冷静的人怎么会做出这么荒唐的事？

"真是这样的话，她为什么要这么做？"问出这话的时候我自己心里也没底，她看起来很严肃，但也是个性情中人，经常打趣身边的朋友。有几次我跟她开玩笑开得有点重，她也没当回事，足以证明我并没有做什么出格的行为。在我多次向她表明心迹之后，她还是以为我在开玩笑罢了。

我每天花大把大把的时间来寻求答案，在朋友的眼里，我已经是"病入膏肓"。

"某人的魂儿已经丢在莫斯科了。"当我不再像以前那样和朋友一起聚会玩耍的时候，他们就这样调侃我。

万莎婉，你真是让我烦恼至极！我感觉到了内心深处的疼痛，但是骄傲却让我隐忍了这份痛，谁又能懂呢？同时我也气自己不争气，搞得像一个情窦初开的毛头小子，短短的时间就搅得自己心绪不宁……这就是人们所说的孽缘吗？还是说因为我见惯了那些举止或是唯唯诺诺，对男人的话言听计从，或是空有一副皮囊，行为却很粗鲁，凡事斤斤计较的女孩子？而万莎婉有着诸多与外表不符的性格特点，她时而端庄羞怯，时而活泼得像个顽皮的孩子，敢于表达自己的想法，可以和她聊各种话题，我们从体育、艺术、政治一直谈到烹饪。就做饭这件事来说，她就发现"男人常常喝酒喝到舌头都直了，然后就开始嫌弃妻子做的菜不好吃"。

当有人嘲笑说，事实上，真正擅长做饭的人还是男人，在大饭店里也只有男厨师时，万莎婉就会面带微笑，反驳道："真是遗憾，这里做饭的都是女的，味道恐怕赶不上大饭店了。"

说话人一脸羞愧，因为那个时候我们正在一个公务员家吃晚饭，并且做饭的人都是女的。

我决定不再去找那个名为"乔贡·本松"的神秘男子，那些秘书看我像智障一样的眼神让我浑身不自在。

"我不管了，万莎婉呀！我只能冒犯一下了，其他的以后再说吧。"我在心里这样和她说着。

当我拆着那个大信封的时候，已经心如死灰，心想这次怕是会遇到一个杀人诛心之人，或是会发现她令人震惊的秘密，幸好那时我把自己关在卧室里，没人会知道这件事情的始末。

信纸是 22cm×28cm 大小的白色薄纸，有 4 页，干净整洁的字迹说明主人是个勤勉好学的人。那确实是万莎婉的笔迹（我清楚地记得，因为她帮我写了很多篇简报）。我试图打消心里的羞耻感，这种行为就像从未偷盗过的人要开始第一次行窃一样。刚扫了一眼第一行字，我又忍不住反复地读了读，开头其实很简单：

致我最想念的……哥哥（在省略号的地方没写姓名，是空着的）。

"噢，那是写给谁的？"我抬起手疑惑地挠着头，怀着复杂的心情继续读下去：

哥哥应该没有想到会收到我写的这封信吧，无论如何，哥哥已经开始读了，就把它读完吧，说不定会有意想不到的收获。

"呃，那到底谁是这个'乔贡哥哥'呢？"我停下来没完没了地问自己。

说真的，我想给我所熟知的每一位"哥哥"写同样的信，但这不现实，因为我既没有时间，也没有勤快到那种地步，尤其是我说的还是同一件事。

读到这里时，我还是一头雾水，信纸上漂亮工整的文字，像她脸颊上深深的酒窝一样迷人，吸引着我继续读下去。

让我牵挂的哥哥，不久之前我读到了一本苏联的杂志。哥哥们来苏联参观学习的三个月，想必"哥哥"自己也目睹了苏联各级政府为了管控在公共场所喝醉的人以及喝酒成瘾的公务员所出台的严厉措施。此前（苏共二十七大之前），苏联不曾把饮酒问题上升为一个必须解决的国家大事，随着时间流逝，我们清楚地看到喝酒所带来的恶果：劳动效率低下，商品质量得不到保证，家庭破裂（其中60%的家庭问题都是由于父母饮酒造成的），更糟糕的是，它给饮酒人自身及即将出生的婴儿带来了极大的危害。以前苏联医生就用数据证明过饮酒对儿童大脑的破坏力，父亲饮酒会导致新生儿的智力比普通孩子低60%，具体表现出来就是器官的残障，例如：眼盲、耳聋、唇腭裂、眼神呆滞，当他们成年后会出现癫痫或者其他神经疾病……

这也是我想写信给"哥哥"的一个原因。

当我得知那些尚在初中、高中、大学里学习的弟弟、妹妹们把酒作为聚会时的必备品，用酒来营造所谓的"愉快气氛"，甚至每次学期末晚会上，酒成了必不可少的社交工具时，我为此感到痛心不已。

一个弟弟告诉我说，担任他们年级组长的一位男老师，是个年轻的单身汉，老挝新年的时候，在班里办活动时喝醉了，拉着一个自己的女学生当舞伴在教室里跳起舞来，引得其他学生起哄！一个在万象上大学的妹妹怀着自豪的心情（我无法理解这有什么可自豪的）写信给我说，他们组织活动和外籍老师一起庆祝元旦，等老师回去后，剩下的60个学生喝了整整30升酒！

这样的事情我可以告诉社会主义国家的外国友人知道吗？收到这样的信件，我很是伤心，别人都好奇怎么收到了"家书"却不开心，在这样的信件里，有什么是值得骄傲和开心的？为什么她们不说一些积极向上的事情，比如：在学校和朋友一起劳动，一起建设家园，一起进行体育比赛，一起读书……与其说些喝酒狂欢之事，不如去做一些有意义的事情。难道这些已经成为青年人引以为傲的资

寄给哥哥的信◇

本了？天呐！她们认为在自己还不会赚钱，也不懂怎么赚钱的时候，花着别人的钱聚在一起买醉已经成为新时代的理想生活了吗？真是一个消极到让我感到无力的消息！我特别失望且万分悲痛，仿佛看到一个充满朝气的年轻弟弟正用绳子勒住自己的脖子，高高地挂在树枝上，我却无力去拯救他。我内心的一部分感觉已经演变为对"他们"的憎恨了，他们不热爱这个社会主义国家，也不热爱名誉，想起学校青年大会上提出的口号，每个人都声称"要做新时代的信赛"，这个弟弟与很多人一样没有远见，不会去想将来，更不会想这些事情的严重后果，他们缺少常识，没有经验，缺乏旁人的指点，从另一个角度去想，哦！大概是他们还太小了吧。那么哥哥们呢？哥哥们是成年人，直接肩负着对这个社会的义务，哥哥们将作何感想？我有权这样问吧？

我感觉耳根发烫，脸也红了，内心在斗争，她写的"哥哥""哥哥们"指的是谁？我压制住内心的不安，继续往下看：

我认为用酒水来营造欢乐氛围的做法是傻子的行为，当然可能不包括哥哥，但是这个世界啊，总是充满着欺骗、失望和厌恶，我几乎快没信仰了。（但是不能让它轻易丢失！）面对这残酷的现实：仿佛"偷走"我自豪的，那个追求短暂愉悦的哥哥正

017

踏上一条漫长的自杀之路，对于你来说远离那条路就意味着落伍了吗？

我的心脏跳动得像要脱离我的灵魂，这意味着什么？

起初我认为哥哥是社会进步青年的代表，是个肯为集体事业作贡献的人，是热爱朋友之人，是视生命高于一切的人……当一个人没了呼吸，就失去了对社会的价值，留下的只有自己的成就，不是吗？正因如此，哥哥不会将自己的生命视为廉价的玩物吧，不会任由它变成一个谁都可以随意泼洒毒药、任意糟蹋的实验室吧？我说这些话不是想呼吁滴酒不沾，我也知道这样的呼吁和现实还相距甚远，因此，它只不过是我的白日梦罢了。我想问正在上初中、高中、大学的弟弟妹妹们，我想提醒他们看到我的呼唤，他们年轻的生命并不需要用酒精来换取快乐，因为年轻的生命本身已经是比什么都更令人愉悦的了。我的想法恰恰相反，酒精是摧毁年轻人和一切美好纯洁事物的毒药，它只会破坏人与人之间相亲相爱、相互理解的友谊和关系。试想一个女生在醉酒后被自己所敬重的师长公然拉上舞台中央，如此粗俗下流的举动，我相信没有一个意识清醒的学生会真正敬重那样的老师！那么像哥哥你这样的领导又会作何感想呢？你手下也有不少和你的弟弟妹妹年龄相仿的年轻人吧，一定有不少亲近的同事，你不仅是领导，更是他们的行动楷模，如果哥哥也常常不分场合地喝得酩酊大醉，想必这些人对你的崇拜和信任也会荡然无存。我曾听清醒的人形容酒醉的人只会"四肢着地匍匐，不分场合地乱吼乱叫"，对不起！我说的是事实，如果你没有过这样的行为，那最好不过了，我会很高兴的！

我深吸一口气，房间里让人感到胸闷窒息，必须起身打开窗户透透气。我无法释怀那天去喝酒的事情，我不经常喝醉，遑论喝到失礼的程度，但是那天部门举办赴苏进修生联谊会时，遇到了许多以前的老朋友，所有人被煽动着分批次去买了好多酒（因为莫斯科是限时购买不同酒类的），我被灌了好几杯杂酒。没过多久，我就开始丑态百出，只记得万莎婉犀利的眼神时时投向我。哟！这是怎么回事，莫非我就是她口中的那个哥哥？后来发生的事让我始料未及。

万莎婉和另外两个翻译在7点半的时候敲响了我宿舍的房门，通知我们按约定的时间出发，当我摇摇晃晃，头发乱成一团，眼睑浮肿地（此刻一点男主角的影子都看不到）来开门时，万莎婉的表情仿佛在说着"讨厌""恶心""真是够了"这样的话，我急忙把头缩到门后，洗漱收拾一番让自己勉强能看得过去。

"你的男朋友恐怕从来没喝醉过吧？"我记得坐在一起吃早饭时开玩笑地问过她，她的眼神略有深意地亮了一下。

"呵呵呵！"她发出了一阵笑声，然后微笑说道，"当然喝咯，但是不会喝到丧失理智，不会影响社会、家庭和工作，不过呢，哥哥你好像还是不太懂！"想到这里，我突然感到周围的世界明亮起来了……还有希望，还不算晚！我认真地继续读信：

哥哥问能不能和我做朋友？怎么会不能呢！我坦率地告诉哥哥，对我而言，没有任何问题。我一直告诉自己：我们老挝人之间一定要以诚相待，要拿出国与国之间交往的真诚态度来相互帮助，不污蔑和诽谤对方，我一直相信，在相同的理想信念下没有什么力量能比团结友爱更坚不可摧。

一直以来，我没有看到也不相信一个饮酒成性的人能够保持良好的品德，在工作上还能取得好的成绩。哥哥应该听说过部里一个高层领导的事……很多年过去了，司里的同事们都预测这位长辈定会升迁，因为他有着过硬的专业知识，道德品质也不错，但后来怎么样呢？你知道他为什么还在以前的岗位上吗？曾经的良好道德品质也变成了劣迹斑斑。在他们随团来访苏联之际，他一个身边人的叙述让那些不为人知的陈年往事也慢慢浮现出来：有一次在部门同事家里聚会时，这位大伯正在与酒友们推杯换盏，这时旁边有人招手示意，并礼貌地说"麻烦让一让"，这位前辈不仅不避让，还推开对方的手，说道："你这家伙，要过去就过去嘛，拿手招来招去的干吗！"见对方没有回应，他也感到奇怪，当看清楚走过去那人是谁后，他吓得像中风一般，瞬间酒就醒了，因为这人正是应邀前来参加聚会的部长。

我真的不想听到或是看到这样的事情发生在哥哥你的身上，哪怕家庭破碎我也不愿承受来自"酒鬼"的折磨。借酒浇愁、嗜酒如命这样的行为都是可怕的敌人，它就像一个冷酷的杀手，在慢慢地把人折磨致死。

那天我注意到哥哥有很多的好哥们儿，他们样貌不同、年纪不同、行为举止不同，这就让我联想到哥哥在万象也一如这样，会进出各种场所，有各种各样的"好兄弟"吧！

在我所提到苏联医生写的文章里，第一段就强调了爸爸饮酒会给腹中胎儿带来的危害。哥哥应该也注意到了，在我们的国家，每天都会诞生很多新生命，有很多年轻姑娘、小伙身上有着不同于常人的表现，不论是身体还是智力方面会出现各种各样的症状，比如说话较晚（3—4岁才开始说话），眼神呆滞，视力模糊，脑子不灵活，甚至是智障。从最新的研究中我们可以清晰地看到：一个嗜酒如命的父亲相较于一个普通的父亲，他们的孩子之间在智力方面至少相差20%，饮酒还会造成其他生理方面的影响，比如在成长过程中出现眼盲、唇裂、中风等问题。

对于喝酒的人本身来说呢，难道不会有影响

吗？无论人的心理还是身体，如果不善待它，它就会"离家出走"。由于酒精毒素直接导致的疾病除了神经疾病外（当然嫉妒和怀疑也是病因），还有肝硬化、胃病、高血压，这些都是些难以治愈、花费高昂且折磨人的疾病！

　　酒的危害就是这些了，哥哥们看看要怎么做吧。我们所热爱的国家，这个年轻的社会主义国家，应该远离酒精的毒害，难道我们不应该拿苏联的经验教训引以为戒吗？

　　我的呼吸开始顺畅，心情也舒缓过来，脸上渐渐恢复了气色，我起身站到窗边眺望，看到一辆车正缓缓驶到房子前的篱笆处，车灯投射到窗帘上，我这才意识到自己沉浸在这封信中不知不觉已经天黑了。

　　"嘿，佩德，在吗？"门外传来脚步声，我听出是司长的声音，他是我众多酒友"哥们儿"中的一个，他是一个喜欢热闹的人，好喝酒，他妻子常常抱怨，有几次还向组织报告说他喝酒喝到对她大打出手。那一刻，我决定向万莎婉所说的"酒鬼"这个病魔"宣战"。是时候表态了。正如万莎婉说的那样，我应该减少和朋友一醉方休的酒局，对于年轻学生在各类庆祝活动上饮酒的事情，我也应该坚决反对和制止。我要写信给万莎婉，和她交流下这方面的想法，当然也可以借机聊点别的。但是眼下，我要复印这封信，送到某家报纸的编辑部去，看看接下来会产生什么样的效果……

呜咽的河

◎威塞·莎文瑟萨

如果是四五月份，自然没什么可说的。但现在正值雨季，然而雨水竟一滴也没落下，哪怕是落个一星半点的。大块大块的乌云一大早就从普考奎山上俯身而下，几乎贴到了水面上，不一会儿太阳爬升至乌云的顶端，乌云就消失了，只剩下火焰炙烤般的空气，浓滚滚的水汽缓缓地升到空中。

这样的情况日复一日地持续着。

最急不可待的是这条长长的河流，没人知道这条河源自哪里，只知道它流经了陡峭的山谷、崎岖的山洞。蜿蜒盘旋在平原上的长河，孕育着人类以及万物生灵。

现在，这条河流异常寂静、孱弱，干涸地变成了一滩螃蟹、鱼虾栖息的水潭。河流祈求得到上天的怜悯，但始终没能如愿，它环视周遭，四下无人，有的只是哭泣。干旱至此，有谁能在这紧要关头帮帮它呢？呼唤大山来帮忙，大山对它视而不见，呼唤山崖来帮忙，山崖也充耳不闻，真是叫天天不应，叫地地不灵。

日复一日，这件事情传到了众小溪的耳朵里，小溪们召开紧急会议，一致决定携手来帮助这条河流。

"我现在可以上涨水位，可以淹没村庄、田地和森林，所以从今往后你们都要敬畏我一个人，必须对我百依百顺，不然就要受到惩罚，听到了吗？"

一开始小溪们压抑着内心的情绪，安静地听着，但心里却想：这条河流已经忘乎所以了，变大变强之后就要称王称霸。一条小溪发表了自己的看法："河流，你先听我说，还记得你被太阳烤焦而干涸的时候吗？你请求我们帮忙，我们一起携手相助，我们承诺将如手足般互帮互助，现在你从紧要关头走出来，宣布为王，享有至高无上的权力，你都不问问我们的想法……"

听小溪这样说，河流大发雷霆，插嘴说道："叫我大王，不要叫河流，凭什么要征求你们的想法，你们软弱、愚蠢，在这个国家，没有谁比我厉害。"

夜幕降临，众小溪商量，一致决定各自回到自己的家乡，放任河流追寻自己的伟大梦想。

新的一天到来，从不会怜悯他人的太阳向外散发着热量，炙烤着河流，温度日渐攀升。最后，这条大河干涸了，变成了让人同情的满是裂缝的土地。

妻子的气味

◎普昂·萨柏

借着霓虹灯的微光,万玛尼抬手看了看腕上的表,时针正好指向数字2,现在是夜里两点了。万玛尼翻身转向酣睡中的儿子,她轻轻地把儿子歪着的头扶正过来。

虽然已经深更半夜了,万玛尼仍没有丝毫睡意,这已经不是第一次夜不能寐或是半夜醒来了。毫无盼头的生活在循环往复着,好几个月了,那件事一直让万玛尼很揪心。曾经的海誓山盟,甜如蜜,坚如铁,现在都已渐行渐远,只剩下无尽的泪水。眼见自己的爱人喜欢上了别人,她想放声大哭或是把这事闹得尽人皆知,以此来发泄内心的苦闷,但是如果真那样做了,她又能得到什么好处呢?除了亲近的几个人能理解她,给她些关心以外,身边那个同床共枕之人只会变本加厉地折磨她。

万玛尼又翻了下身,回想起以前相爱时的场景,充满了幸福和快乐,她读高中最后一年的时候和普佩相识,认识短短几个月就相熟起来,普佩温文尔雅、一表人才,学习成绩优异,高考的时候,普佩的成绩比她好很多。

之后,万玛尼就离开校园回家帮妈妈干活了,因为她爸爸身体不太好。同年毕业的很多同学都进了国企、私企工作,但是万玛尼不愿意和他们一样,起初她帮妈妈织筒裙的裙边,供给当地的一家手工艺产品专卖店,收入颇丰。至于普佩,则考入一所职业学校继续学习,在这期间,普佩几乎每周都来找万玛尼玩,有时候会请她吃米线,有时候也会找各种各样的花样图案来给她,帮助她设计出新颖的筒裙裙边样式送到店里去卖。爱情便在这样的相互关心、你来我往中慢慢滋生出来。

上职校最后一年的一天,普佩找到万玛尼说,要把一枚戒指寄放在万玛尼那儿,等自己毕业后就会找老人根据当地风俗来提亲。她同意并收下了普佩的戒指。

自从收了普佩的戒指,她就再也没有对别的男人动过心,她一直等着和普佩结婚,成为他的好妻子、孩子的好母亲。每天她都认认真真、勤勤恳恳地帮母亲织筒裙,直至自己能织出整条精美的筒裙,她还学会了蜡防印花法和收筒裙裙边的技巧,朋友都夸她织的筒裙漂亮。偶尔也有朋友开玩笑说她是个老古板,成天只知道待在家里。说真的,万玛尼也想像朋友那样,但她很少有机会出去玩,尤其晚上出门的情况更是少之又少,她从不放任自己在外面胡闹，只有在盛大节日的时候才会陪母亲一起出去，或是去亲戚家里参加布施活动，或是去寺庙过节，大多数时候都是朋友来家里找她玩，当然也是冲着她织筒裙的手艺而来。

万玛尼再一次翻了下身，闭上眼睛继续回想以前的事。第二年，普佩和万玛尼的婚礼如期举行，亲朋好友都来见证了他们的幸福时刻，大家称赞新郎新娘很登对，名副其实的郎才女貌。

万玛尼和普佩的爱情是这世界上独一无二的爱情，他们彼此珍惜，幸福快乐。结婚两个月后的一天晚上，万玛尼问普佩："咱们的老大，你想要个男孩还是女孩？"

普佩转头亲吻了一下万玛尼，回答道："我不会撒谎，如果让我说心里话，想先要个儿子，不过一旦真的生下来了，是儿是女我都会一视同仁，因为都是我的血脉。"

她也认真地回复丈夫："那么，我会努力先生一个男孩子的。"说完两人开心地笑了起来。

结婚一年多，万玛尼生下了一个儿子，这让普佩很是满意。想到这儿的时候，万玛尼伸脖子看了看睡在身边的孩子。有了孩子以后，两个人视孩子如心肝宝贝，那个时候普佩还是政府职员，职位也升了，万玛尼和普佩商量给孩子起名字，俩人各有各的想法。万玛尼认为孩子的名字和她的名字押韵会比较好听，普佩认为孩子的名字和他的押韵会更像个男孩子，直到今天孩子的名字都还没定下来，就暂时先叫小艾吧。

她承认，从两人相识、相爱到结婚在一起过日子，不论是出席婚宴、看演出，还是家庭聚会和其他宴请，普佩都会带她去，两人形影不离。有了孩子之后，因为忙着照顾孩子，尽管很久才结伴出去一次，普佩也还是觉得自己很有面子，朋友们都夸他有一个好妻子，人长得漂亮不说，织筒裙的手艺也好。

之后的两年，普佩辞职和朋友一起开了家建筑公司。普佩的公司经营得很好，他还是原来的普佩，一如既往地爱自己的妻子和孩子，经常回家看望他们，有时候普佩有紧急工作必须马上去办，他仍然坚持要和妻子打个招呼，和孩子吻别，即便有不得已的时候，他也会打电话来说一声……但是这三四个月以来，普佩有点反常，他经常喝得酩酊大醉，直到深夜才回家，甚至有时彻夜不归。今天晚上恐怕又不回来了，因为天都快亮了，鸡已经开始打鸣，公路上传来汽车的声音，路边市场上响起了商贩吆喝的声音。小艾饿了，想吃奶，哭了起来，她转身托起孩子。不一会儿，新一天的朝晖洒遍了整个村庄。

一天晚上，差不多两点的时候，普佩迷迷糊糊地开着车回到家，公司的业务开展得很顺利。从商界到娱乐界，从餐饮店到跳舞的酒吧，随处都能看到普佩的身影，为此他还得了一个绰号：挥金如土的企业家。

关车门的声音震天响，万玛尼急忙来给他开家门，普佩摇摇晃晃地摸索着进了家门，万玛尼站在门口等着他，高档酒的气味混杂着香油的味道直扑进万玛尼的鼻子，让她感觉有点眩晕。

"多了——又喝多了——"普佩的声音像所有喝醉的人一样拉得长长的。万玛尼抬起双臂把他拖到床边，普佩重重地倒在床上，正在熟睡的小艾也被吓醒了。在万玛尼从门口拖着他进来的时候普佩就睡着了，脑袋一碰到枕头就打起了鼾，万玛尼用热水把毛巾打湿，擦着他的脸和脖颈，用担心的口吻埋怨丈夫道："你醉得太厉害了，但是好在还能开车回来。"

普佩半睡半醒，炫耀似的回复万玛尼说："我是快乐的……快乐的农夫。"

随即普佩就昏睡了过去，万玛尼想给他换衣服，但又怕打扰到他，她想让普佩舒舒服服地睡一觉。今天晚上和过去的很多个夜晚一样，万玛尼和小艾必须忍受普佩说着梦话，满身酒气的样子，有时候她也不知道自己是怎么忍受住这酒气的，大概是她和孩子都已经习以为常了。

第二天是周日，万玛尼想让普佩多休息一会儿，可以比平时起晚一些。万玛尼和小艾则大清早就起床了，她做好了早餐，等普佩一醒就可以吃了。今天的早饭万玛尼煮了酸乌鱼，酸味刚刚好，洋葱酱也舂得刚刚好，那是普佩喜欢吃的菜，好几个星期没有做给他吃了。

全部做好之后，万玛尼把菜整整齐齐地摆放在餐桌上。不一会儿普佩就起床洗澡，穿衣服，照镜子，忙着收拾自己。万玛尼则抱着孩子和他的玩具，看着普佩捯饬自己。今天普佩穿了件细格子的上衣，深棕色的丝织裤子。她偷偷从头到脚地打量了下自己的丈夫，这套衣服和普佩的身材很搭。当普佩在整理头发的时候，万玛尼说道："今天早上我煮了酸乌鱼、舂了洋葱酱，我尝了一勺汤，很好喝。"

万玛尼话音刚落，普佩微微弯下了身子，从镜子里看着万玛尼的脸，万玛尼也透过镜子看着他，两人的眼神在镜子里撞到了一起，万玛尼边亲着孩子边微笑，普佩在镜子里看到之后，就回答道："我有要紧的事要办，不能和你一起吃早饭了。"

万玛尼知道普佩约了朋友或者客户，就说道："你赶着出门来不及吃也没事，我把菜收在冰箱里，留着中午或者下午你回来再吃。"

普佩转身拿起香烟抽了起来，和万玛尼说："你吃吧，我要和朋友去饭店一起吃，今天可能回不了家了。"

万玛尼走近普佩，然后问道："为什么现在你不愿在家和我还有孩子一起吃饭了？"

普佩迅速扫了一眼小艾和万玛尼的脸，然后干巴巴地，像一颗被挤干了水的柠檬一样回答道："怎么说呢，现在在家里吃饭不自在，饭菜也不怎么合胃口。"

万玛尼脸一红，但仍对丈夫报以微笑地说："我的手艺自然是比不得饭店里的厨子，也没时间伺候你吃，毕竟还要照顾孩子。"

万玛尼这句埋在心里很久的话深深地扎进普佩的心里,普佩急忙走出家门去开车,根本不敢回应妻子的话。

普佩开车离开家后,万玛尼坐在客厅里喂孩子吃饭,她打开录音机听着轻音乐,同时慢慢地想事情。她想到的第一件事就是设计筒裙裙边,当地手工艺品商店请她织一条筒裙,尽管这个图案比较难找,但还是要尽力而为,因为是外国客人想要的款式,出的价格也高。过了一会儿,她的思绪又被拉回到了普佩不喜欢在家里吃饭这个问题上,难道真的像布松说的那样吗?

布松是万玛尼同村的好朋友,俩人曾经是同学,年纪相仿,现在两个人都有了自己的家庭和孩子,尤其是布松,已经生了两个孩子。布松的丈夫和普佩一样也是经商的,两家同村、同龄,又都在商业圈混,所以关系格外亲密。布松曾多次和万玛尼聊起普佩这段时间的表现。布松也发现普佩身上出现了非常不好的变化,加上丈夫和她提到的一些事加重了她对好朋友的丈夫普佩的不满。布松经常看到普佩带着一个女人出入各种场合,这个女的不知道布松的名字,但是布松对她却很熟悉,布松丈夫说这个女人长得漂亮又有钱,是一家酒吧的老板。

万玛尼是一个通情达理的人,即使她听到了很多风言风语,但在没有任何证据的情况下,她也不愿相信那些话是真的，因为她一直坚信，她深爱着普佩，普佩也一样地深爱着她……万玛尼把饭喂进孩子嘴里，又继续想着，她回想起布松说的话，暗自揣度着："今天不愿意像原来一样在家里吃饭，可能是为了和谁谁谁一起吃吧，完了再去消遣一下。"万玛尼不知道那酒吧女老板的名字，布松曾经提起过，也只说是一个白富美。

万玛尼联想到普佩最近的行为，越想越觉得像出轨，但是心里却还是不愿相信布松的话。她认为普佩做生意难免要和这些人打交道，他是为了工作能顺利开展，最近虽说有些反常，但是家里的吃穿用度，普佩不曾让她操过心。

万玛尼用温水浸湿毛巾给小艾擦了擦嘴、脸和脖子，随后就想还是先放下所有猜忌，"唉，交给时间决定一切吧。"她叹气道。

占塔站起来端详着下午5点才从裁缝店里取回来的新衣服，仔细地看着新衣服穿上身后的每一个细节，她感觉这件衣服的颜色和款式很衬她的肤色，这家裁缝店的衣服，都是用现代工艺设计出来的。

占塔对着镜子左右转动，她微笑着——对这件衣服的设计露出满意的微笑。衣服布料上乘，颜色也好看，她为自己的身材和衣服洋洋自得。占塔从衣领里掏出了一条45克重的金项链，上面挂着心形的吊坠，项链和心形吊坠垂在衣服上，让她看上去更加迷人了。占塔看着镜子里的自己，自我欣赏道："嗯……呵……这样子很完美。"

占塔转向左边，侧着头对着镜子照了下她的大金耳环，耳环的圈口大得就像三个月孩子的拳头一般，大耳环垂下来快搭到她的肩膀上了。占塔又把目光瞄向自己闪闪发光的金项链，突然意识到这项链对于那些咸猪手来说诱惑太大，她抓起项链塞进衣服里面，又一次看向镜子，给自己打气道："呵……这样也不难看……真漂亮。"

如果这时有人看到，肯定会竖起大拇指夸赞她是个不折不扣的美人。占塔的身材比例很匀称，哪儿哪儿都恰到好处，皮肤白皙但又不是混血儿那样的惨白，皮肤光滑，一颗痘痘粉刺都没有。今年占塔刚好28岁，她16岁高中毕业之后就进入政府部门当公务员，后来正好赶上餐饮店、酒吧雨后春笋般地兴盛起来，占塔就辞了职，野心勃勃地进军商界。占塔做每件事都很顺利，当然这和她显赫的家世分不开，接触的人非富即贵，最终年纪轻轻就当上了一家酒吧的老板。

占塔从化妆间出来走进了办公室，她坐在软绵绵的椅子上，弹簧深深地陷了下去，她倾斜着身体把背靠在椅背上，半坐半躺，大耳环也垂到了椅子靠背上，俨然就是一个酒吧老板的样子，如果有人在这个时候偷看到这一幕，一定会打心眼儿里觉得她是个当之无愧的酒吧老板。

占塔抬起手臂看了看时间，差不多9点了，她深深地喘着气,就像有什么东西让她气不顺一样。

"都快9点了,不知道在干吗,竟然还不来。"

两天前占塔和普佩约好这个周末一起去瀑布玩,原定8点出发,观赏完瀑布之后,就直接去蓬洪参加朋友的婚礼。因此,占塔才精心地打扮了一番。

"早知道就再打扮一会儿了。"占塔沮丧地想着,这时电话丁零零地响起来。占塔连忙拿起电话听筒,并向对方报上了自己的名字:"喂,我是占塔。"

电话那头传来大声的回应:"等我一会儿,我在公司处理事务,一会儿就来找你。"

占塔听出了那是普佩的声音,正好碰上她气不顺,便没好气地回复道:"公司能有什么问题,星期天也不休息。"说完之后占塔紧紧握着电话听筒,直到对方挂断。大约15分钟后,普佩就开着车来到占塔的酒吧门前,按喇叭提示他到了。普佩正开门下车,刚好占塔拿着黑色皮包走了出来,一见到普佩,占塔就故意说道:"要死人了,等那么久,兴致都没有了。"边说边打开车门坐到普佩的身旁,普佩也坐回车上关上门,然后问占塔:"直接走吗?"

占塔举起手臂上的表给普佩看,回答道:"当然是直接走啦,都几点了!"

"不好意思,来晚了,因为我公司有点事需要处理。"

之后,普佩就带着占塔从万象出发来到一个天然瀑布景区。那天去瀑布玩的人很多,有青年男女,也有拖家带口的。有的人是为了去欣赏美丽的自然风光,有人则跳下水舒服地游个泳。普佩和占塔陶醉在瀑布的美景之中,拍了很多照片留念,还去买了些竹笋和野菜,接着就去蓬洪参加朋友的婚礼。

爱情萌芽于耳鬓厮磨,惺惺相惜,从一天天到一周周,从一周周到一个月,从一个月到数个月,渐渐地,普佩和占塔日久生情。普佩是个商人,占塔是酒吧老板,两个人更容易被对方所吸引。普佩和家人的关系慢慢疏远,有时候一周就回家两天看望妻子和孩子。万玛尼也多次和普佩说到过夫妻之间的相处之道,但是普佩告诉妻子最近公司的业务太多,工作太忙,很多时候都要工作到深更半夜。普佩的谎言并不能骗过万玛尼,今天万玛尼找到了一个和普佩聊天的好机会。

"你总说公司事情多,抽不出时间陪伴家人,如果真的是因为公司事情多还好,怕只怕是……"

万玛尼说到这里,普佩急忙打断她的话说:"那么你了解我多少?"

万玛尼用提问的方式代替了回答,她想让普佩自己反思下:"你不如先问问你自己,好过问我了解你多少。"

普佩坐了好一会儿,然后才问万玛尼:"布松告诉你的吧?"

万玛尼笑着回答道:"没有谁告诉我,那些话都是风吹来我耳边的而已。"

普佩扑哧一笑,然后说道:"布松可能是误会我了,我经常去酒吧玩，这么做也是为了认识更多商界的人。"

万玛尼简短地回答道："如果是那样就当我没说。"

普佩心里明白万玛尼对他的事已经了如指掌，但是每一次万玛尼抱怨起来，想让普佩主动承认错误，普佩都像一个铁石心肠的无赖。令普佩感到奇怪的是，万玛尼从不曾在村里宣扬他的糗事，比起呼天抢地的吵闹，万玛尼更想摸清事情的缘由。有时候万玛尼的温柔体贴也会让普佩心生愧疚，但更多的时候是让普佩有恃无恐。占塔虽是个大龄女性，但是个生活在科技时代的姑娘，在社会上也算是有所作为，简单点说占塔有现代人的生活方式，无论言谈、穿着、打扮都非常时髦，她身上穿的永远是最新款的衣服。万玛尼则是一个喜欢安静的人，作为一个家庭主妇来看无可挑剔，如果以现代人的眼光来看，会觉得万玛尼只会养孩子和织筒裙，打扮也普普通通、毫不起眼。

普佩除了沉迷于占塔的美貌外，还觊觎她的钱财，希望有朝一日自己能坐上酒吧老板的位子。占塔曾告诉普佩："如果你决定和我结为连理，酒吧老板的位置就归你所有了。到时候酒吧和建筑公司的业务都能顺利开展，我们可以大展拳脚，变成有头有脸的人物。"

美貌加上不错的社会地位，才让普佩上了占塔的钩，他希望能摇身一变成为酒吧老板兼建筑公司的老总。可接下来这段时间建筑公司有点入不敷出，因为普佩没有尽心尽力经营公司的业务，而是醉心于吃喝玩乐,被占塔洗脑洗得神志不清。占塔也一心扑在普佩身上,她认为每一笔投资都要物有所值,等到普佩百分百落入她的手中,她会让她的每一分付出都获得加倍的回报。

现在,普佩已经和家庭渐行渐远,只知道吃喝玩乐。每天都能看见他出现在酒吧里,周六周日就和占塔一起出去玩,要是哪天回家了也欺骗妻子说公司的事情多,有时候还要去外省考察工作。普佩口中的这些借口,万玛尼不是不知道,她知道普佩正在干什么,图的是什么,但是万玛尼不想吵得尽人皆知。万玛尼一直想用自己的善良来挽回普佩的心,但这不意味着自己要装聋作哑,一旦有机会,她就会提醒普佩,可是普佩全当作是耳旁风,丝毫没有悬崖勒马的意思。很多朋友也曾提醒普佩,夸赞万玛尼是一个好女人,是个贤妻良母。

那天晚上,差不多 11 点,万玛尼意想不到的事情发生了,当客厅的电话响起的时候,万玛尼急忙从卧室跑出去接听,刚刚拿起电话的听筒就传来一位女士焦急的声音:"喂,不好意思,是×××号码吗?"

万玛尼急忙回复道:"是的,是的,不好意思,请问有什么事吗?"

电话那头的女人说:"这里是医院急诊科……"

女人(应该是医护人员)还没说完一句话,万玛尼就打断她的话问道:"急诊科……找姐姐有什么事情吗?"万玛尼惊恐万分,以至于胡乱称自己是姐姐,也没弄清楚对方比自己年长还是年幼。

"你家有人叫普佩吗?"

"有的。他是我丈夫,发生什么事了?"

"现在,他出了交通事故,警察把他送到急诊室来了,医生在他的衣服口袋里看到他的名片就打了过来,如果你是他妻子,请马上来医院一趟。"

只听到交通事故几个字,万玛尼就已经六神无主了,她努力让自己镇定下来,并问道:"他伤得很严重吗?怎么会发生交通事故?"

但是医院那边忙着救人根本没时间详细回答,只是说:"特别严重,请你马上到医院急诊科,马上!"然后对方就挂了电话。

万玛尼的父母以及布松和她丈夫陪着万玛尼一起来到医院急诊科。一到医院,她告诉医生自己是伤者的妻子,医生回复目前伤者进了手术室,身上多处伤口需要缝针。万玛尼哽咽着问医生:"他伤得重吗?怎么会发生事故呢?"

医生解释说,病人情况十分糟糕,但目前没有生命危险,大部分伤口是在脸部,可能是车玻璃破碎后溅伤的。至于事故发生的原因,据送他来医院的警察陈述,他可能是因为酒驾睡着了,车驶离了道路撞上了路边的电线杆,好在车速不快,在车子偏离道路之前他应该是意识清醒了下,踩了脚刹车,所以撞得不算太重,只是撞到车头,挡风玻璃碎了。当警察赶到时,他昏迷着,趴在方向盘上，满脸是血，警察就急忙把他送到医院来了。急诊室的医务人员按照名片上的号码给万玛尼打了电话。

万玛尼和她的父母，还有她的朋友都对医生表示了感谢，但是每个人都很紧张，静静地等着手术室里医生的反应，想看看普佩的脸到底伤成什么样子了，尤其是万玛尼，整个人如坐针毡，心急如焚。

大约半个小时，手术室的门开了，病床被推了出来，普佩躺在床上，脸上全是红色的药水，都快认不出来了。病床一推出手术室，万玛尼就抢在所有人前面，跑去抱住普佩，哽咽地说："佩哥，佩哥，你怎么样？"

普佩耳边传来万玛尼的声音，他艰难地睁开眼睛，依旧疼痛难忍的脸上泪水和药水混在了一起……

为了方便后续处理，要赶快把病人送回病房，于是医生说道："不好意思，我们要把他带回病房休息。现在他意识还没清醒，说不了话，让他先休息吧，他身上其他地方伤得不重，只是脸部被玻璃划了两三个口子，我们已经缝合好了。"

听了医生的话，万玛尼挤出一点点笑容，流下了高兴的泪，她的父母连同布松以及布松的丈夫都连连说："萨图萨图（意为：阿弥陀佛），谢谢医生，那就好，那就好。"

实际上，照普佩的情况看，要是他没有醉，是可以和家人说几句话的。警察把他送到医院抢救的时候，他意识还是清醒的,还告诉警察帮忙照看下车。

那天晚上,万玛尼、布松和布松的丈夫寸步不离地守在普佩身边。至于普佩,等醉意慢慢消散后,他睁开眼睛,抬起手臂,似乎是想翻身,万玛尼急忙抓住他的手臂,轻轻地说道:"佩哥,佩哥,你醒了吗,现在还不能翻身,你受伤了,你知道吗?你记得我吗,记得布松和她丈夫吗?"

普佩斜眼看了看万玛尼、布松和她丈夫,轻轻点了点头,表示他都记得。万玛尼破涕为笑,她实在是太高兴了,然后轻轻地将普佩的手放到胸前。

之后,普佩又慢慢睡去了,再醒来时已经是早上5点。他闭上眼回想了一下所发生的事情,他记得他回家看了下一个礼拜未见面的万玛尼和小艾,骗万玛尼说他要去巴色视察工作。离开酒吧前他和占塔因为公司的事情发生了点口角,占塔想让他把公司的所有业务转让给她,但他不愿意,他认为现在还不是时候,两人就发生了争执。路上他打了个盹,醒过来的时候车子就要撞上电线杆了,他连忙踩了刹车,车头刚好撞到电线杆上,要是没及时刹车,没准就……想到这里,他深呼一口气,回想起这一切是那么惊心动魄,差点就没命了。他继续想着,车头撞上电线杆之后,碎裂的车玻璃溅到了他脸上,车子熄了火,他垂下头趴在方向盘上,整个人晕了过去,只感觉到脸部火辣辣地疼,然后就听到人的声音,接着有人打开车门把他拖上了另一辆车。

普佩在医院治疗了三天才出院回家,在医院的那三天三夜,万玛尼对普佩百般照顾,尽管普佩曾做过伤她心的事,但从法律上说普佩还是她的丈夫。至于占塔,知道普佩发生交通事故了,也对他不闻不问,她对普佩的感情完全是建立在金钱和地位上的,当事情没有朝着她预想的方向发展时,就意味着一切都结束了,正如一颗再也挤不出水的柠檬,已经毫无利用价值。

在医院期间,万玛尼发自内心地担心普佩:"佩哥,你要是出什么事,我会疯的,我们的孩子小艾也会……"

"我很后悔,后悔自己一时糊涂,任何事情都我行我素,如果我听你的话,就不会有今天。以后为了你们,我要认真工作,让自己成为合格的丈夫和父亲。"

"你能意识到这些,我很开心,我们的家是你坚强的后盾。"

"万玛尼,你要怎么惩罚我我都愿意接受。"

"我不会惩罚你的,这次的惩罚对你来说已经够了。"

普佩紧紧地握住万玛尼的手,目光灼灼地看着她的脸,他眼睛里充满了悔恨,想着要一心一意地开启爱她的新生活。

"往后余生,我只爱你一个人。"

万玛尼面带微笑看着普佩,普佩也笑了,笑到脸上漾出了酒窝,尽管脸上的伤还在隐隐作痛。

那天晚上，普佩睡得很香，他已经不再沉迷。身旁躺着万玛尼和可爱的小艾，他把手臂搭在前额，回想着自己这一年来的生活，懊悔自己让万玛尼如此伤心，但他不得不佩服万玛尼纯洁的内心，一直以来他陷入迷茫、自私自利，万玛尼也不曾和他发生过激烈的争吵，也没有让村民说过他的闲话，万玛尼都是在苦口婆心地提醒他，事事为他找理由开脱……最终，万玛尼的善良打动了普佩，普佩现在才意识到那段时间他走的路，是深渊，那不是万玛尼希望看到的，更不符合公序良俗，像占塔那样的爱是虚伪的，幸好万玛尼不是那样的女人。万玛尼称得上是真正的高洁，是个称职的妻子。

普佩转身看着身旁熟睡的万玛尼，她头发上的香味一阵阵钻入他的鼻孔，这发香和万玛尼摘来放在床头供奉用的花香混在一起，真的相得益彰，两种味道都是纯洁的清香，不似毒药所散发出来的那种虚假的、深不可测的香，这个香味将一直陪伴他到生命尽头。

时钟与生命

◎塞里帕

在用了很长的时间分析世界形势等问题之后,总编把话题拉回到部门内部的事情上:

"所有同志,其他事情请先放一放,今天我要说一件十分棘手和紧急的事情,营销方面都已经安排好了,但是版面排版还在等着,印刷厂不断地催,说如果明天之前我们不把初稿发过去的话,他们就不干了,算是给我们下了最后通牒了。"

有位写手举手发言:"所谓棘手的事情,是指什么事情?"

"就差篇短篇小说,但就是找不到,翻了翻以前被录用的那些文章,也没有哪一篇适合放进去,我们社里的写手也没见谁提交新的文章。我直说了,如果我们没有在这一两天编排完内页,不仅仅是印刷厂要找我们的麻烦,读者也同样会找我们的麻烦。"

听众里有一个声音轻轻地叫起来："是，是的。"总编接着说了很多话，无外乎是鼓舞士气，让大家打起精神。之后他又说道："不管读者喜不喜欢，都不应该让报纸开天窗，我们不能等着外面的写手给我们提供稿件了，只能靠我们自己。此时此刻，自力更生、自给自足才是最行得通的办法。"

一片寂静！

一时间，办公室里热闹的气氛一下子沉寂下来。很多人都明白缺乏新闻素材或是缺乏某类介绍性的文章是报纸常常会遇到的问题，所以一旦发生什么突发状况，勇敢的写手们会不顾一切地用自己的笔头浓墨重彩地把整件事大肆渲染一番，巴不得把整个版面都写得满满当当。内容好或不好暂且不论，印刷出来发现不对再去更正也行，这样已经算是他们很好地完成了紧要工作。但这次要在两三天内完成一篇短文，要求写手去过现场，质量要高于数量，大家都不得不说："这太难了！"

总编也特别理解大家的难处，他尽力补充道："我也知道这件事不是那么容易，但对被誉为'矛头'的各位而言也不能算是强人所难，现在还不是我们休息和放松的时候，我们必须集思广益来完成这项工作，不管有多难，都必须完成，必须要让那篇小说出现在我们报纸的版面上。"

有些写手举手发表意见说，如果像榨柠檬一样强迫大家完成绝对是行不通的，要想写出高质量的文章，必须把外在的刺激和内在的情绪等因素结合起来。对这件事，总编心里最清楚不过了，这两者如果想要产生共鸣，一定不能操之过急，可是眼前的问题是后天就要见报了。

"那么，这篇小说我们就交给笔杆子'大白净'同志吧，他自己写也好，发动朋友也好，或者随便从什么地方找都行。"总编郑重其事地一番结尾后宣布会议结束。

很多人都在为接受这次任务的那个人感到开心，这是对他能力的信任，而且对于新人的他来说，这也是一次证明自己能力的机会。

打字员达拉婉，一个19岁的小姑娘，按捺不住自己的心情，内心的喜悦全写在了脸上。她对"大白净"的文章痴迷很久了，每次"大白净"的文章送到她手上时，她都迫不及待地开始敲起键盘来，甚至到了废寝忘食的地步。

"是谁那么幸运啊，可以最先读到白哥的文章呢？"达拉婉伸着洁白的脖子去问写手"大白净"本人。

"妹妹恐怕只能算第二读者。"年轻男子微笑着回答道。

"呵……那么……"

"总编呗。"

达拉婉忍不住直接笑出声来，伸手去拧了一下年轻男子的手臂。

除了"大白净"的文章以外，达拉婉还对他的私事很感兴趣，在达拉婉眼里，他不仅幽默风趣，待人谦和，还是一个真诚实干、遵章守纪的人。

"我们必须讲纪律，如果少了纪律，就不能算是一个好人。"单独相处的时候，他经常会这样说给达拉婉听。一有机会，他就喜欢强调说时间决定了万事万物的运行，没有任何东西可以抵抗时间……

在现实生活里，"大白净"不是一个夸夸其谈的理论家，他有详细的日程表和月程表，以至于身边的朋友都称他为"表格青年"。

所以，他和时间是紧密相连和坦诚相待的，这让他在生活和工作中变得更加积极。

并且，同样的，我们可爱的达拉婉也无法拒绝敏感的内心对"爱情"这个话题的憧憬："什么时候他才能明白我的心思，和我心意相投，真到了那个时候，我一定会好好珍惜。"

在所有人都对"大白净"寄予厚望的时候，他却感觉到从未有过的压力。多年以来，他绞尽脑汁，写出了成百上千篇文章，但是现在，此刻，他却连文章的标题都想不出来。

他的脑袋空空如也。

他还不知道应该拿什么事件来引发人们对这个问题的思考。把沉睡在思想里的东西拿出来变成纸上的铅字，就一定要符合创作理论的三个特点，即：内容好、有趣且充实。呵！要指向人类社会交往中的哪个方面才是现在所有人的痛点呢？还有，要怎么写才能让读者感受到神经紧张抑或是感到心情愉悦呢？

他认为读者希望获得那些在与社会和自然对抗过程中对自己有启发的东西。

一定是这样的！

这个问题不是单纯得像刨树根、砍树或是撬木头一样，只要出力和使用工具就能完成，每位手握笔杆子的人都知道，如果没有写作的冲动，没有灵感或没有氛围，即便抓起笔也是写不出好文章的，即使写出来了，也不会有什么新鲜感，写出来的东西就像一条老咸鱼，甚至是臭咸鱼。

下午6点了……

"大白净"还抓着自己视为武器的笔杆子苦思冥想，写了不到5行字，他写了很多个标题，例如"两把刀""两张脸的人""两种颜色的布"……但是写出来才发现词不达意。他想解释自然和社会总出现两极化的现象，例如：有生就有死，有弱就有强，这个世界上的所有东西都相互影响和制约，却又相辅相成。

但是他无从下笔，感觉还没有深入核心。

地上散落着揉乱的纸团，一向以凉爽捍卫者姿态示人的电风扇此刻吹出来的风却让人感到燥热。

"天啊！真是闷得要死！"

他叫起来，把最后一张纸揉了丢在脚下，从椅子上站起来，朝着路边的一家老咖啡店缓慢走去，然后一个念头闪现在脑子里。

"好！应该先进去看看。"

这家咖啡店是这些笔杆子们的心头好，店主是一个40多岁的女人，她有一个16岁的侄子。这家店以及它的店主与记者、写手、文艺爱好者们有着千丝万缕的联系，无数文章就是在这里诞生的，数不清的作家曾经一整夜地坐在这里写文章……一个有名的写手多次强调："当文思泉涌时，一定不要停笔，相反，我们必须尽快让它倾泻出来，否则，灵感可能就不愿意出来了，即使愿意出来，也会绕道而行。"

从这些事里可以看出，这家路边小店的主人也知道自己的店对于这些写手的意义，所以，即使偶尔一些人"吃完没付钱"或者"赊账"而让她资金周转不灵，她依然会毫不在意或者干脆忘掉这些事，因为她太了解这些人的生命和灵魂是什么样子的了。

"大白净"躬身坐在一个空凳子上，这时一位熟稔的老朋友问起他的文章："写到哪儿了？"说着，这位朋友递过来一杯算是为了安慰和鼓励他的酒。

店里的气氛开始活跃起来，写手圈子里的人在高谈阔论着关于宇宙的问题，大有一副即便让路人都听了去也不能理解其中深奥含义的样子。最后，他们仍旧是固执己见、各执一词地结束了谈话，就好像过去的日子会和明天的一样，毫无二致。

"大白净"一无所获。

可能是这家店对于他而言有点太熟悉了，店里所有的一切——吃的、喝的，包括它的主人都老了，甚至在这里谈话的人都是些老面孔，聊的内容更是老生常谈。那么，今天晚上他要从哪里找一些新鲜的东西来呢？河流湖泊、农田水渠、工厂，现在所有的东西都已经进入了梦乡，想什么都是徒劳，即使是阳光明媚的白天，他也已经和这些东西打交道成百上千次了，关于这些东西的想法已经穷尽了。

"走到前面去试试运气"，"大白净"想了想就走出咖啡店，那是他唯一的路。他沿着路边朝北走去，他的思绪飘到了天空和星星之上，似乎想找寻点灵感回来。他想，在夜晚的灯光下，凉风习习，等到路上车辆不算多的时候，一个文章的构架应该可以构思出来了。

但，为什么它还是不出来？

"咚"的一下，他用槟榔敲了一下自己的脑袋……走一段路就敲一下，"咚……咚……"

"喂，出来吧。"

最后，他在一处名为"芭依合"的房屋前停了下来。这是一间平房，门是玻璃做的，真是明亮啊，店前面挂着两盏红色的灯，他可以透过玻璃门看到房子里面的一切。

他自己是在万象长大和上学的，之后又在万象工作了近10年，他清楚这样风格的店应该是一家居酒屋。

但是它和那位40岁大婶开的店是不一样的，停在店前面的车辆品牌已经说明了店里售卖的东西的档次——说白了就是一方有东西卖，另一方必须得有钱买。

已经有好几次了，"大白净"听朋友说这种店里卖的酒很好喝。但是，他自己还没去尝过它的滋味。

无形的压力促使他去推开玻璃门，他在门口站了一会儿，他在数自己口袋里的钱够买几瓶啤酒。他心跳加快，在确定不会丢脸之后，他才慢慢地走进去。心里想道："爱谁谁吧……"今天晚上至少知道还有什么，来这儿干什么。

里面的气氛很好，适合聊天，温度也刚好合适，厅堂干净整洁，挂着些图画、当地特有的饰品以及彩灯，各式各样的洋酒琳琅满目，摆放在华丽的展柜上，店主很美丽且面带微笑。"哈！这样就有了另外一番感觉了。"他在心里想道。

店里坐满了人，三三两两的，"大白净"坐在了单独的一套桌椅上。

一会儿，一个漂亮的女生走过来坐在他身旁的椅子上，紧贴着他的手臂，她身上的香水味迅速钻入他的鼻孔，与此同时，温柔的声音在耳边响起："打扰一下。哥哥要喝什么呢，啤酒还是威士忌？"

"水。"他想说这个词，但是在这样一个地方，面对这样一个女孩提出这样的要求未免显得太过寒酸。"大白净"又一次盘算了下自己口袋里的钱，有备无患，之后,他用正常的语调并带着命令的口吻说道:"啤酒。"

大约1分钟,一罐外国啤酒就放在他面前,"大白净"正要对那个女生说,他想点的不是这款啤酒,可啤酒已经被"砰"地打开了,白色的泡沫翻滚起来,有一些还漫到了桌子上。

"哥哥……请举杯……举杯嘛……为了……什么呢……什么都行!"小姑娘还不知道他姓甚名谁,就用热情的声音邀请道。

"干杯……干杯……为了友谊。"

都到这个地步了,不管是老挝啤酒还是外国啤酒,"大白净"只能硬着头皮喝,不停地举杯,酒杯和酒杯之间不断发出"丁丁"的碰撞声。

"现在有灵感了。""大白净"在内心嘟囔着,因为感觉有什么东西冲击到自己的内心了,尽管那团东西还很笼统,但是已经很能说明这段时间以来出现的某种现象了。

"卖的酒从白酒到威士忌……所以,喝这些酒的人也是不同档次、不同职业的吧。"

他感觉,他想写的内容现在已经呼之欲出了,但是文章的标题、框架和具体内容还没有涌现出来。

"啤酒。"他又点道。

认真地观察,像在和时间赛跑,和口袋里的钱赛跑一样与店主攀谈,卖酒的小姑娘也频频举杯,她竟如此会哄骗和迎合别人,随便一句话都无比的甜蜜和诱惑,她的眼神充满了挑逗和深不可测的狡黠。

"快干……哥哥……不要愁眉不展的样子嘛……这样老得快。"

"是吗？那么，这杯酒就为了庆祝我们的相遇吧，怎么样？"

"哎哟，我当然是没有问题的，就怕哥哥你会想这想那的，是吧！啤酒喝完了哦，再点点吧。"

"拿来。"

每桌都有奢靡的顾客在那儿又唱又跳，用语言调戏着卖酒的小姑娘，有人嘴里还唱着"白酒啤酒能戒掉更好"，有的人吹嘘着自己的知识和口袋里的钱可以"藐视所有人"。

"老兄，干了它，难不成是怕你老婆来拧你的耳朵吗，还是怎样？"

"我没有老婆，因为我的老婆就是你们这些小姑娘呀。"

这些谈话，"大白净"全部装进脑子里并已经构思成了文学的形式，他已经找到了文章的对象和痛点了。

但是他还有一件烦恼的事，正如子弹已经装进弹匣，手指已经准备扣动扳机了，就差"引爆装置"了。

"引爆装置……引爆……哦，引爆装置……如果有了你，就可以开枪了。"

夜已经很深了，到关店时间了，"大白净"收到一张酒水单，他研究了半天单子上的价格，抬起头来问卖酒的小姑娘："唉！怎么那么贵呢，妹妹？"

"嘿嘿，哥哥真是会说笑。"

"我没有钱付。"

"天——不要开玩笑，哥哥，我困得眼睛都睁不开了。"

一开始小姑娘以为他说着玩，但是聊了好一会儿，才知道他说的是真的，小姑娘很惊讶，那儿的所有人听到之后都很震惊，他们面面相觑。店主已经不知道有多少次碰到这种情况了，她没有哇啦哇啦地吵，相反，她面带微笑，一副处变不惊的样子。

"算了哥哥，今天没有，改天再过来付也可以。天呀！不要像其他人一样。"

"但是……"

"没有什么但是啦，如果哥哥真的没有，白给你喝也可以，这有什么关系呢。"

说话的人声音温和，心里却隐藏着无比的傲慢，谁都听出她话里有话，"大白净"的心脏"怦"地跳了一下，一个有灵魂的创作者，一个纯粹的写手才能理解那种傲慢情绪的内核。没人能理解他此刻的心情，他的眼睛睁得很大，紧接着像失控了一般，声音洪亮地说道："我才不白吃你的东西。"

空气突然安静，没有人能接他说的话，"大白净"摘下手腕上的手表，放在店主的手心里说："先押在你这儿，直到有人来赎回。"

与时代同行

没有人能回应他说的话。才说完,"大白净"就用力打开门,摇摇晃晃地走了出去。他知道自己喝醉了,因为酒从不会背叛喝酒的人,但有些人啊,明明知道自己喝醉了,为什么还不想着赶快回家。

"引爆装置……有人给我引爆了……文章……文章啊!……它正在钻出来……钻出来了……哎呀!钢笔……纸……你们快来接着……就是现在。"

没有人知道"大白净"是否已经清楚地记下了自己的心境,但是那件事出现在了第二天的报纸上,他的笔友都对这篇文章赞叹不已。

"兄弟,干得不错……真棒……哦哟!真的是相当好的批判!让那些还不懂得脑力劳动价值的人们来读一下这篇文章,他们可能才会更加怜悯劳动人民吧。"

"他们一定要读,他们一定会明白啊……时钟会让他们信服,因为无论如何,人类都要信奉它,仰仗它。"

才说到"钟"这个词,另一个朋友就马上看着"大白净"的脸,他接着说道:"兄弟啊!我们每个人出一点钱,去把你的表赎回来吧,我同意你所说的人类必须拥有时间,尊重时间,如果不严格地遵守它,人类就无法发展,最后就会慢慢灭亡。因此,我们这些靠脑子吃饭的人必须要有表来掌握时间。"

"我不需要,再没那个必要了!"

"大白净"大叫起来,让朋友大吃一惊,但是朋友很快就看懂了他的内心,在他的情绪泛滥的时候写出了

《污垢》这篇文章，他很自豪也很满意，失去了表却换来了更加重要的东西。

有了那次灵感，"大白净"写出了很多文章，例如《人和动物》《黑山羊和白乌鸦》等。这让他声名远播，受到了很多读者的敬重。他埋头苦写，写了又写，写到墨水干涸，他都不愿意放下笔，他忘记了白天黑夜，忘记了时钟上的针"嘀嗒嘀嗒"地走向另一边，当他情绪泛滥的时候，谁都无法阻止他。

灵感来的时候挡都挡不住。

时间过去了三天三夜，他的门被"咚咚"地敲响。大概是敲门声持续得太久了，他才左摇右晃地起身开门。

"达拉婉。"他轻轻地说。

"白哥，这是你的表，我们去赎回来了，给你。"

"赎回来了，天！它——"

"好啦，我们的生命必须依靠时间才能把控，在它'嘀嗒嘀嗒'的节奏里，人和人之间才能更加了解彼此的呀，哥哥。"

人类啊，求求你留我一口气吧！

◎本塔农·松塞盆

寒风习习，稻香四溢，正值收割时节，黄澄澄的田野里，泥土和稻茬儿的芳香抚慰着心灵……怎么办才好？该死的稻草人还张开双臂站在那儿守着田里残余的谷粒。为了那点少得可怜的谷粒，我的好多朋友都被捕获甚至是被残杀了。我不得不下决心离开这片黄澄澄的、弥漫着稻香的田野。

沿着占芭树和苏木树的枝杈，我竭尽全力地想要获取些食物，好让自己的肚子里留点东西垫垫底，即便一点点也是好的。农民才不会领我们的情，稻谷绿油油的时候，我至少还帮助他们消灭过害虫，现在稻谷抽穗了，却忘了我的恩情，对我又赶又打。

一只小小的毛毛虫，正爬过来，大小已经不重要了，尤其是在这饥肠辘辘的情况下。

我要把它吃掉，仅仅是为了能活下去。

抓住它！小孩们扒开稻谷，看到了我。如果没能及时躲开孩子们的弹弓，我可就要死翘翘了！逃出了田野又逃离孩子们设的圈套，我以为自己安全了。在人类生活的村庄里，连一条小小的毛毛虫都找不到，还在窝里等着我的孩子们呢，不会都饿死了吧？

从占芭树上一跃而起，我飞向了更高的地方。

我停在电线上，似乎可以暂时避开那些圆圆的石子了。听啊！心还在扑通扑通地跳。我的羽毛都快掉光了，差点一命呜呼。我在这儿小憩一下，没准儿有昆虫飞过，运气不好的话就会沦为我的食物。要是能碰到只大家伙就更好了，还能让窝里等待着的孩子们吃顿饱饭。

今天的天空是湛蓝的。

金黄色的阳光洒满天空，初冬的风徐徐吹来，这个世界是多么让人留恋啊，如果不是腹中还空空如也，如果没有嗷嗷待哺的孩子们，我要快乐地放声歌唱，回馈这个可爱的世界。

砰！

我清楚地记得这是气枪的声音。

一切都太迟了，鲜红的血浸湿了我前胸那柔软的羽毛。太疼了，一阵头晕目眩，我缓缓倒下，眼睛还睁得很大，锋利的爪子还钩着电线。我再次昂首望着湛蓝的天空,这是我最后一次看向这个令人留恋的世界。那么谁会将这个噩耗带给我的孩子们呢?谁又会去找稻谷和毛毛虫来喂养年幼的他们呢?人类啊,我这个人畜无害的卑微生命只求能和你们一样活在这个世界上啊!

空中王国

◎松苏·苏莎瓦

这个人口众多的小国已经存在和发展了很多年了,可以说,人们的生活和各项权利也都与发达国家毫无二致,那些曾经在社会上引起轩然大波的事情已经慢慢不再见诸报端或是杂志了。常常会出现在很多国家的破坏森林、环境污染的问题,在这个国家也从未出现过,人们保护自然,爱护万物生灵,谴责搞破坏的人。他们清楚地知道我们人类的生存和发展要仰仗大自然,动物、花草树木也都是平等的,不同之处在于人类知道如何利用大自然来为自己服务,如果人们破坏自然,破坏环境,毫无疑问是将人类自己带向一条毁灭之路。

这个国家和其他国家不同,这里的人们将赞美女性,给予她们无上荣光作为头等大事,尤其是他们的王后,她被视为这个国家的头号淑女,在人们心中是星星般的存在。在现实生活中,王后是凝聚大家的精神支柱，是一个可以让百姓安居乐业，让国家团结统一的伟大人物。

国王是一名精明能干的七尺男儿，他曾数次率领军队救国家于水火之中，让他最引以为傲的是每次在国家大事面前，王后都愿意牺牲自己的个人利益，拯救黎民百姓，让众生平等。在这样无休无止的奉献中，臣民们给她冠以了"仁慈皇后"的美称，此外还有一个别称——"宅心仁厚的王后"。

重大节日里，当两位御驾亲临花园出游时，百姓就簇拥过来，紧跟着国王和王后，人们不仅爱戴他们，还常常给君主殿下进献一些特别的物品，比如王后十分喜爱的花蕊露……

在一个对皇室非常重要的日子里，王后和国王一起上朝，向臣民宣读圣旨。王后身穿露肩的白色裙子，白色流苏长过裙子，身后跟着两名宫女。她的手上戴着长至手肘的白色手套，身上挂着无数荣誉勋章。国王身披战袍，就像是马上要去冲锋陷阵的战士一样。国王身上的荣誉勋章并不比王后的少，他手持宝剑，头戴冠帽，看上去和公元前欧洲的国王没什么两样。国王站在王后身后一点点的位置，他昂首挺胸，神态像是刚从沙场上凯旋，身旁还站着侍卫和宫女。在乐队的伴奏下，两位君主缓缓而行……人们的目光一直追随着两人，最后他们下了五级台阶后停下了脚步。一名大臣走到王后身旁单膝跪地，给王后呈上了圣旨。王后拿起圣旨，抬眼望了望满朝文武和臣民后开始温柔地读了起来：

今天我们感到无比自豪，能够和你们一起庆祝我们空中王国的重要时刻。

我们的王国是一片富饶之地，多年来一片安静祥和，各项政策得到了全面而统一的贯彻，人民的生活得到了保障，所谓的高低贵贱之分已成为过时，这里人人平等，大家有权依照宪法行使自己的权利。

时至今日，世界形势错综复杂，我们要时刻警惕那些在不知不觉之中随时可能发生的灾难。虽然我们没有卷入为了追逐利益而破坏森林的事件中，但还有一部分生活在我们领土以外的人在从事着买卖木材的勾当，森林破坏所带来的影响也会波及我们头上，因为我们和他们毕竟是生活在同一个世界之上。

当王后读到这里的时候，一队戍边的军人神色慌张地向着宫廷跑来，在没有通禀的情况下呈上紧急军情。

"启禀王后和陛下，边境目前形势紧迫，一群身体乌黑、白色鼻子、喜食甜物的异族人要闯入我们的城墙，他们就像是群没有灵魂的怪物，我们的军队该如何行事？请陛下下旨。"

"陛下，这可如何是好？"王后瞥了一眼前来禀告之人，拉了下裙子，望向丈夫问道。

国王点了两三下头，表示已经知晓了这件事。他走过去和身边的大臣商议了一下,然后回到原位。

"全体臣民们,大家不用担心,我们的王国无论何时都以和为贵,不喜欢冲突,和平共处是大势所趋,也是我们国家秉持的外交方针,保持克制,不使用武力是对的,我谨指示军队依此行事:一,必须告诉他们远离我们的边境。二,如果他们不肯离去,我们会坚决捍卫我们的领土和主权。"

听到国王的指示后,戍边将士们火速赶往边境。一会儿的工夫,朝廷就接到了一份急报,报告上说:"敌军撤退了。"

王后继续读着手里的公函,大家认真地听着。

环境受到破坏的同时,全球的重工业得到了发展,工厂排放的化学烟雾和汽车排放的废气导致空气污染,污染物不仅会进入和破坏人的呼吸系统,废气还会破坏臭氧层,导致地球受到更多太阳辐射……这些影响加快了某些病毒的繁殖速度,甚至衍生出了一些新型病毒。

说到这儿,外面响起了爆炸的声音,烟雾蔓延至宫廷门口,浓浓的黑烟灌进在场所有人的眼睛和嘴巴里,灾难预警信号声响了起来。

"退朝!退朝!"国王在黑暗中命令道。朝廷门口正燃烧着熊熊烈火,一些臣民被那团火给吞噬了,还有一些死里逃生了。一时间哀号四起,一片混乱,王国陷入了恐慌的状态。即便在那样的情况下,乐善好施的王后仍然与英勇的国王一道，冒着生命危险，从容不迫地帮助着百姓。

大火继续蔓延至宫廷周围，大有燃遍整个宫廷之势。自诩是优等生物的人类发出威胁王国公民的声音："你们真的完了……你现在不完蛋什么时候完蛋，蜜蜂仔……老子要发财啦……五月的蜂蜜要让老子发财啦！"

"飞呀！快飞呀！飞呀！"一个人扯着嗓子喊，但是大火仿佛要吞噬所有人。

大批的臣民被吸进了火里，还有一部分被烟熏倒，身受重伤。国王不顾自己的安危，拼命守护着百姓，但是由于太过劳累，又呛到烟，最后被裹挟着卷入火堆。王后一个人哭喊着，她的亲信前来安慰她，请她上车去往安全的地方，因为敌军的火力实在太猛了。

"飞吧，飞吧，五月份的蜂蜜最甜啦，老子要发财了！"威胁的声音还在继续。

"我是与我的臣民们一起死去，还是要苟且偷生？"王后问自己。

"不——不——，我绝不是一个自私自利、明哲保身的逃兵，我们可以有福同享，难道大难临头就要各自飞吗？不，我不是自私的人，我可是这个国家的头号淑女啊……"王后再三权衡后，最终决定跳进火海，这个由蜜蜂组成的空中王国最终在大火里灰飞烟灭。此时此刻，还能听到自私自利的人在说："五月的蜂蜜能卖个好价钱。"

一出好戏

◎ 提达占

我的头刚从楼梯口冒出来，丁康——我的老友就从织布机前的板凳上跳了起来，冲到我面前，边用手拍打着我的背和脸颊，边连珠炮一般地问了我一堆问题：

"天哪！是哪阵风把你吹来了！来得还真是时候，这段时间我天天梦见你！瞧你丰满结实的身材，不用问就知道身体肯定倍儿棒，那孩子、老公身体都还好吗？又添丁了吗？自打你搬到城里以后就没有你的消息了，就跟钻进泥里的泥鳅一样销声匿迹了，让我怪惦记的。来，来，坐在这儿，先跟我好好聊聊。"

她想拉我去坐藤椅，但我转身坐到了屋子中央的凉席上。"来，请喝水，难得你来我家做客，这草药水可好喝了。你这次来是为了工作吧，是吗？我想要不是有工作任务，怕是也请不动你来看看我们。不过每个人都念叨说很想你呢。说真的，其实我们离得也不远，也就一二十公里,总说找机会见个面却一点也不容易。今天孩子们都去学校劳动了,只有最小的在吊脚楼下玩着。孩儿他爸去上班了,不到天黑是见不到人影的。"

我坐在那里,只有当听众的份儿,时不时抿嘴笑笑,或是嗯嗯啊啊地回应着,丁康一说起话来就像打机关枪一样,没完没了,我根本插不上话,我想问的事情她也早猜到了,然后一股脑地提前回答了我。

过了好半天我才有机会开口说:"我这次来是为了跟踪调查我们学生来这里的高中进行教学实习的情况,当然更主要的还是因为想大伙了,想咱们这个老寨子了,所以我才特地申请来这所学校检查的。"

在拉拉杂杂地扯了一堆别的事情后,我们便开始推心置腹地聊起各自家中那些不足为外人道的日常琐碎、家长里短。

"你们夫妻俩的事情怎么样了?和好了吗?"我问道。

"说来话长,你先吃点东西我再讲给你听。那件事与其说像个故事,不如说像一场戏更为准确些。"这时丁康的妹妹金康抬着小箥桌放到我们面前,桌子上放着一盘香喷喷的春木瓜,一盘炸猪皮,一盘生菜叶和嫩嫩的空心菜尖,还有一盘芋头梗。我们动手吃了起来,丁康也打开了话匣子:

"之前我们夫妻的事情就像你去年知道的那样,但是现在情况与那个时候截然相反,我老公就像换了个人似的,任凭怎么想也想不出是什么原因。那个时候就像你看到的那样,我已经有了厌世的想法,根本看不到希望。"

"我从来没想过我们家会有那么一天……"

"到底是怎么回事?快说给我听。"这个冗长的开头吊足了我的胃口,她知道我想让她讲重点,才接着说:"好几次我们争吵得很厉害,你从这儿搬走后,我们还是一直在吵,组织上、领导们也来劝了好多次,都没用。吵架这事确实是一个巴掌拍不响,可每次挑事的人都是他。如果他哪天不喝酒不玩牌,就还好,算是个正常人,但是几杯酒下肚后就开始从这家串到那家。他只知道吃喝玩乐,成天往外跑,不着家,什么都不管不顾,这样我怎么跟他过下去呀。但是突然有一段时间,他身上发生了从未有过的改变,要说是因为组织上对他进行了批评教育也是有可能的,但也不全是,我思来想去,想必是女儿教训了他。"

"什么教训?"我问道。

接下来,丁康给我讲述了那天发生的事:

去年有一天,我家三个孩子在楼下和小朋友玩过家家。喏,就在那儿,孩儿他爸西谭哥就坐在这个凳子旁织鱼网,我就坐在织布机旁络着纱。孩子们的声音很吵,起初我并没在意。过了一会儿就听见女儿阿波的哭声,那时六岁的她哭得很大声,把我吓了一跳,以为孩子们打架伤着了。我从窗子往下看才看清,她其实是在假哭,边哭嘴里还边嘀嘀咕咕。那架势像极了我平时边哭边叨咕边骂西谭哥的样子,只见她撅着嘴,咬牙切齿,筒裙拉得老高,跟我完全是一个模子刻出来的,真是越大越像娘了。我用手指挠了挠西谭哥,让他一起来看。

"胖墩他妈呀,你还在那骂骂咧咧的!不想死的话闭上你的嘴,你又不是我妈!"说话的人声音嘟嘟囔囔,就像一个喝醉的人一样,说完猛地跳起来假装扇了阿波两三个嘴巴,并叫道:"老子的嘴,老子想喝就喝,想玩就玩,碍着谁了!你不想死就给老子闭嘴!"

阿波边哭边喊:"啊!快来人啊!这个疯子,他打我,要杀我,救命啊,救命啊!你这个烂酒鬼哟,呜呜——"

扮演"爸爸"的正是胖墩,也就是阿波的哥哥,然而性格却一点也不像他的爸爸。相比之下,阿波要更活泼一些,她告诉哥哥说:"哎,那天爸爸还说了很多话呢。他说:'山丹你这个坏家伙,你不要来管老子,你厉害行了吧,你给我滚,有多远滚多远!'"

"哦哦,知道了知道了,我正准备接着往下说呢,你假装趴在柱子旁边哭。"趁着阿波趴着哭的时候,胖墩就跑到房子背后叫喊着:"等一下啊!"一会儿他又跑了回来,手里还握着两把树叶,"这个好比是爸爸手里的牌!"

"哎!你穿得一点都不像爸爸。"阿波停止了哭泣,骂起哥哥来,虽然哥哥比她还大两岁。她说:"那天爸爸把纽扣全部解开了,露出胸膛,然后他摘下帽子扔到屋角,你重做一遍,先把牌放裤兜里。"胖墩照着妹妹阿波的话重新做了一遍。不得不说,阿波的记性的确是好,脑子比她哥哥反应快。此时我们家老三和康姐家孩子阿乐,被安排趴在旁边看着。

一会儿,阿波指着他们说:"老三,阿乐,你们哭呀,像这样边哭边擦眼泪。哎呀,怎么什么都不知道!快去,你们去躲在柱子那里哭,像那天爸爸打妈妈那样,两姐妹一起哭,老三再哄哄妹妹。"这一下,西谭哥忍不住了,捂着嘴呵呵地笑了起来。

胖墩又骂起妹妹来:"阿波不要老扯别的,快哭啊!假装这是个酒瓶。"他抓起一截胳膊粗的木头放在胸口上边说:"只有苏拉姑娘对我好,你们都是坏人!哇——哇——哇——"

"苏拉是怎么回事?"阿波仰起头问。

"不知道啊。爸爸就是那样说的,他说的苏拉应该就是酒吧。"然后胖墩就假装在呕吐,走起路来摇摇晃晃,摔倒了,又爬起来。然后把那截木头打在阿波后背上,"你还不滚吗,还在这哭什么!"

"胖墩!你下手也太重了,做做样子得了,你还真打呀?"

"当然要真打,那天爸爸打妈妈打得可凶了。你没看见吗?如果轻轻地打,那就不像了。"

"我们又不是真的爸爸妈妈,你轻点打,装装样子就行了!"

"要使劲打才像!"

"额!那不玩了!"阿波威胁哥哥说。

"不玩就不玩。"

阿波怕哥哥真不玩了,就想了个新主意:"额,那么打人那段就先到这儿,到妈妈的戏了,我们接着演那天她跑去找宋姆大婶的那一段。"

"那谁来当宋姆大婶呢?"胖墩左瞧瞧右瞅瞅,最后指着阿盛姑妈的孩子阿丹说,"阿丹一起来玩嘛,你来演宋姆大婶。和我们一起玩嘛,很好玩的,我们让你演宋姆大婶。"

"我不知道你们这游戏怎么玩。"

见阿丹犹犹豫豫的样子,阿波怂恿道:"照着我们说的做就好,很好玩的哦。"

"哦,那就玩吧。"

阿波告诉她说:"你去篱笆那边,然后我会哭着跑去找你,我到了之后,你就焦急地问:'胖墩妈,你这是怎么了?'然后你就劝我回家,想怎么劝就怎么劝,随你便。"

阿丹点点头跑到篱笆边，然后阿波就边跺脚边哭边骂，那样子简直就是情景再现，她边跑嘴里边连珠炮一般地喊着："你这个杂种啊，你死定了，从我眼前消失……啊！宋姆大婶，救救我，我要死了，好疼，全身都打肿了！然后你就问：'怎么啦，胖墩妈，胖墩他爸打你了？'"

阿丹瞬间就融入了角色之中，说："怎么啦，胖墩妈啊！"

"那个疯子，他耍酒疯，要杀我！呜——呜——婶子看他那副德性，眼睛红得像鬼上身。他要杀了孩子杀了我，我跟他没法过了，婶子，呜——呜——呜——"见阿丹愣愣地站着不动，阿波教阿丹："你说：'你先回去，我去帮你骂他，他怎么老是这样？太不像话了。'"阿丹机械地重复了一遍。阿波则在路边撒泼般地骂着："他不会改的，婶子，他就这个死样子，跟个畜生一样。"

"接下来你就到了胖墩这儿。"阿波转身告诉阿丹。

"他谭叔啊，你这样太过分了，怎么能把孩子和老婆打成这个样子，大家劝你那么多次怎么都不知道害臊呢？"阿丹全部说完后，胖墩却忘了爸爸当时是怎么回答的，他回过头来问阿波："阿波阿波，那天爸爸跟宋姆大婶是怎么吵的？"

"你怎么什么都记不住，他就骂着说：'我没醉，是她嘴碎，她就喜欢和大嘴巴的人说我坏话，算了！我留着张嘴给她吃饭用。"胖墩照着阿波说的，学着爸爸的样子表演起来。

"不是啊，婶子！呜——呜——"阿波再次戏精上身，"他才坏呢，他去打牌赌钱，输了就去喝酒，然后就变成这副鬼样子，眼睛跟瞎了似的，拿谁都不当回事，唉，我真是造孽啊，别人家老公怎么不像他这样啊。"

"你嫌我不好？谁好你滚去和谁过！"胖墩紧紧攥着拳头，摆出凶狠的样子说着。

阿波"扑棱"起来说道："我哪儿也不去，这儿是我的家！谁愿意滚蛋谁滚！"

"小心你的嘴！"胖墩说着，被阿丹推了出去。

"不要打了！有什么话好好说。他叔你要是醉了就去睡觉吧！"

"嗯嗯，你和宋姆大婶说的一模一样，那天你是看见了吗？就是我爸打我妈的那天。"阿波表扬阿丹说。

"额，是我自己想的。"

"你接着说嘛。"阿波再次提醒阿丹。

"孩子都生了一屋子了，也不嫌丢人，丢脸都丢到全村去了。"阿丹照着阿波的话接着说，"有什么话好好说，不要像以前那样发火。"阿丹一句一句地跟着阿波说，说了好半天。

"额，那天你爸真的和你妈打架了吗？"阿丹认真地问道。

"真打了，那天我爸喝了酒，谁的话都不听，我妈就骂他。我们都讨厌他喝酒和打人。"

"如果你爸妈分开的话，你要跟谁过呢，阿波？"阿丹又随口问道。

"我也不知道，可能会跟着妈妈，也可能跟着奶奶……"这时，阿波的表情看上去可怜兮兮的。谭哥没有说什么，陷入了沉思。但是从那以后谭哥就一改往日做派，对我们很好，到现在都是这样。

被人遗忘的水牛

◎ 本深·盛玛尼

降水的异常让农民愁眉不展，田地旱得不成样子，干涸的土地稍微沾上点雨水，不到一个小时，就被吸干，一滴不剩。肥壮的水牛站在淅淅沥沥的雨里，伸长脖子望着天空，然后又看向田野，激动地叫着。提丹屈膝坐在那里，双手托着下巴，眼神飘忽不定，似乎正在思考着如何为自己和这片干旱的土地找个好的出路。提丹长长地舒了一口气，从腰间解下白羊肚毛巾来扇了扇，顺便擦了下脸上的汗。

"哎！老天爷，这比丝线还细的雨还下个什么劲儿啊，照这个样子，我们种地要用的水可怎么解决啊？"

提丹自顾自地嘟囔着，然后慢慢躺下，把头枕在茅棚地上铺着的竹竿上休息，他抬起一只手搭在额头，看着盖在茅棚顶上的稻草正随风摆动。日复一日的耕作，让提丹有了一张和其他农夫一样黝黑的脸，也让他对从小到大一直握在手里的犁柄心生厌倦。但他也明白，不继续这样做是不可能的，毕竟祖祖辈辈都是靠着这把犁头、这块土地过活。偶尔，提丹也想放弃种地，进城去找一份日薪工的工作，但是这种想法只在他脑子里一闪而过，因为提丹这辈子都很难离开这块土地了。提丹翻身转向田野一侧，望着一直陪伴自己的水牛正悠闲地啃着草，犄角灵活地挑来挑去。

"老伙计啊，你别那么积极，今年轮不到你犁地了，因为新来的牛不像你一样吃草，别看它个头小，但力气比你大多了，人家可是吃油的牛。"

提丹和水牛咕哝完就转去夸赞刚买来不到一个月的小犁车，大雨倾盆之时，他就要用这台新的小犁车开始犁地了。

"你们这些毛脸牛！属于你们的时代结束了，让我提丹这样的农民跟在你们屁股后面的时代已经一去不复返了，你们将无事可做，别说犁地了，哪怕是砖窑里现在也不用水牛踩窑土了，用现代化的机器作起业来速度又快活又精细，能够让窑土变得像胶水一样黏腻。"提丹自言自语完，猛地坐起身来，昏暗的天空飘着青灰色的云。

"大雨啊！你'哗哗哗'地下个三天三夜试试，让你看看我的厉害，保证今年能够提前把地犁完。"

提丹缓步从田间的茅棚里走了出来，把拴牛的绳子解开，拉到一处绿草茂盛的地方重新拴好。不一会儿，大雨如注，大雨中什么也看不清，什么也听不清，天就像是被捅了一个大窟窿，很快田里积满了水，顿时蛙声一片。

第二天早上，太阳还没升起，提丹便驾着小犁车去犁地。与水牛相比，小犁车灵巧且高效，田里再也没有提丹"嚯——嚯——"的叫骂声和唠叨声，只剩犁车"咔咔咔"的声音。水牛忽闪忽闪地眨着眼睛看着犁车，如果它知道自己即将失业，内心不知道会多沮丧，恐怕会憎恨这个力大无穷的犁车把它祖祖辈辈从事的活儿给抢走了。这头水牛从小到大都在这块地上犁地耙田，一年又一年，它为能给主人干活而感到心满意足，它从不偷吃秧苗，也不踩踏稻子，更不会像那些不受管束的牛一样偷懒睡觉。它是一头很乖的水牛，从不给主人找不自在，但今天它即将被抛弃。水牛站在田野里注视着主人，它的眼里满是孤独和颓丧。太阳慢慢升起，阳光洒满天空，有一辆皮卡车开来停在茅屋旁。

提丹把犁车熄火后踩着烂泥跨过田埂，用衣服袖口擦着脸上的汗，说道："以为你不会来了呢！"

"哎呀，去了好多地方。怎么样，小犁车好使吧？"

"嗯，很好，但还不太顺手，不像水牛一样能跟在它屁股后面吆喝它。"

说完两人哈哈大笑起来，提丹用手指着另一边正在吃草的水牛说："在那儿呢，老板，它就是我跟你提过的水牛。说实话我也不想卖，它很听话，会心疼我，也算我家的传家宝了,十几年了,只有它勤勤恳恳地为我卖力,干完犁田耕地的重活不说,收割完后还要把稻谷拉进谷仓,拉柴火什么的都指着它。"

"嗯,活儿是还能干,但毕竟岁数不饶人,你说让它活上个几百岁,等我们死了它都不死是不可能的,搞不好要是染上了疾病就只能白白扔掉。你知道吗,现在农民们都陆陆续续地在卖牛呢。"牛贩子慢声慢气地说着,不时撇撇嘴。

"哎,说归说,不管怎样还是要卖的。"

"额,还好是随口说说。"老板打断了他的话,随后两人便到茅棚里谈价去了,不一会儿,老板就对车上一起来的人说道:"你俩!阿德,阿星,把牛弄上车。"

听到命令后,两人跳下车,径直走向牛,解开牛绳后把牛拉上了车。水牛知道,那台犁车来了就意味着它将离开,它没有丝毫反抗。水牛连同车尾部架着的木板一起被无情地拖上车去。它望着养育过它,和它一起工作,训斥它,也和它聊天的朋友提丹,仿佛在向主人讨要怜悯一样。提丹只是站在那儿,一言不发。没多久,车子就发动起来,慢慢走远了。水牛环顾着一望无垠的田野,看着拴过自己的茅棚,还有带着自己气味的土地和曾经打滚、泡澡的池塘。那副用花梨木做的犁和耙就像两个久卧床榻的病人一样蔫巴巴地躺在茅棚架子下,如果它们有灵魂,有生命,会讲话,或许会和水牛挥手告别吧,面对曾经相依相伴的伙伴的离开会情不自禁地泪流满面吧。没有了水牛，它们也将被人们慢慢遗忘和抛弃，过不了多久就会腐朽断裂。尽管水牛不会说话，但生物的本能让它感受到了痛苦，泪水从红红的眼睛里夺眶而出，这次的分别不仅意味着离开故土，而且是走向死亡，当所有一切正从它迷离的眼前消散之时，皮卡车里的一个人大声地问着他们的头儿："是直接把它拉到屠宰厂吗，老板？"

听到那句话时，水牛在心里做起了死前祷告："如果下辈子能选择，请让我继续做牛吧，但不是做吃草的水牛，而是做吃油的铁牛。"

阔卡嫩村

◎苏吉·诺拉西

村里的寺庙传来了召集村民开会的鼓声,此时已是晚上7点,阔卡嫩村家家户户都吃过了晚饭。今天的会议,村里的老老少少都必须到场,除此以外,村里的各部门,不管是统战部、青年团,还是妇联都必须派人参加。今天上级领导要来给大家宣讲修建穿村道路的重要意义。通常情况下,村里开会都是安排在村委会里举行,当响亮的梆子声传遍各家各户的时候,大家就知道开会的时间到了。但今天比较特殊,参会的人比平时多,所以才把寺里的讲经亭临时改为了会场,更特别的是今天还用上了扩音器,接了电,会后要给大家放电影。

阔卡嫩村是一个远离城市的偏远山村。进城的话,旱季只能靠牛车进出,一去便是一整天,也可以坐船顺流而下,只不过这个办法只限雨季使用。所以政府要修一条穿村公路，通往新修的水电站，这对于阔卡嫩村的村民来说是个天大的好消息。

"但村里世世代代都是靠点龙脑香树脂来照明，只有过节的时候才会点煤油灯和汽灯。"阔卡嫩村的老人边把嘴里的槟榔水吐到痰盂里，边这样回答调查员的问题。调查员是为筹建水电站来村里收集信息的，两三年来，他们前前后后进出阔卡嫩村不下20次。

"我们村有七八栋建在设计路线上的房子必须搬迁，祖庙前那四五棵龙脑香树也要砍断移除。这都是为我们阔卡嫩村、我们的国家和子孙今后的发展必须要做出的牺牲。这也是政府派我们下来给阔卡嫩村的父老乡亲做思想工作的原因，让大家了解这件事的重要性和必要性。在党的带领下，各族人民齐心建设，才能把我们的国家发展得更加文明、富强、繁荣。"一位专家正通过讲经亭的扩音器进行着宣讲，两个比人还高的黑色音响正对着村民，他们正襟危坐在那儿仔细地听着。另一边的菩提树树干上还架着一个大喇叭，那是为了照顾另一些有事在家走不开、没能参会的村民，让他们能够和现场的人一样听到宣讲的内容。

专家的话让占坡大爷的心情一下子跌到了谷底，他是村里的长老，也是统战部部长，祖庙前的大龙脑香树将要被砍断的场景顿时让他怅然若失。从占坡大爷的内心来讲，他很想建议修路的时候绕开祖庙前的那一片龙脑香树，但晚辈们都对上级的做法表示认同，如果只是他一个人反对，人们难免把他看成是一个思想落后、不顺应民意的老顽固。大爷闷闷不乐地思忖：如果这条路是修在村外，而不是像现在这样直直地从村里穿过不是也可以吗，即使会毁掉一部分河流和树林也好过砍断大龙脑香树，祖庙那一片可是祖祖辈辈最为重视、最为敬畏的圣地。有时候村里发生了不幸，村民总认为是因为有人做了什么让土地爷不高兴的事，得罪了祖庙里的神灵。占坡大爷在内心默默祈祷：到时候可千万不要出什么意外才好。

　　三年的时间转瞬即逝，穿村公路修好了。一如当初专家来宣讲时说的，在政府的安排下，有八栋房子搬迁到了距离原址200码的地方，每家还额外给了50万基普，算是对他们支持农村建设发展，牺牲个人利益的补偿。占坡大爷家虽然没拆迁，但是那条穿村公路在他家露台边沿和寺庙外墙6米开外的地方经过。祖庙前七棵五抱粗的龙脑香树也被砍断了，祖庙也被迁至新公路的东侧距离原址300码的地方。新祖庙是尖顶楼阁式建筑，屋顶比之前更大。砍去的树木用来修建了一些公共设施：两栋禅房，一座鼓楼，学校的围墙，还有新的祖庙，剩下的部分修了一座旱季和雨季都能通行的桥。现在每天有一趟公交车往返村里和城里，村民们进城便可早出晚归。村里还通电了，处处耸立着像晒鱼干架子一样的电视天线。小年轻也变得和以前不一样了，女孩子开始喜欢穿裤子，男的留起了长发，他们放的都是外语歌，声音"咦哟咦哟"的，很是闹腾。

　　占坡大爷瞟向露台外面，路边两排平行的路灯沿着笔直的道路一直延伸到远处，一望无际。太阳从远处地平线上升上来，整个阔卡嫩村笼罩在烈日的炙烤之下，久久地才有一阵裹挟着热气的风"呼呼"吹来。占坡大爷惆怅地坐在那里，回想起曾为人们遮阴的大树，每当村民们出远门，经过这里的时候，都会在祖庙旁的树下歇脚，顺便喝上一口井水解渴，村民养的家禽也常到这棵大树下乘凉避雨，曾在龙脑香树上筑巢的数百只乌鸦也全部逃走了。最让他日思夜想的就是自己的儿孙们，自打那八栋房子拆迁之后，三年了，以往那种露台挨着露台，伸手就可以相互递送饭菜的时光已经一去不复返了。占坡大爷若有所思，独自寻找着那些事物不翼而飞、人情忽然冷淡的原因和答案。

被盗伐的树

◎古拉莎婉

我投宿的这户人家住的是两栋外形一模一样的楼连在一起的房子。古老传统的样式，圆形的实木柱子，从上到下透着股古朴坚韧的劲儿，证明着自己曾为几代人遮风挡雨。房东从年轻时就继承了这栋房子，他现在身体还很硬朗，说话铿锵有力，做事干练；女主人更是勤快得没法形容，从我中午到他家直到天黑，她一直忙出忙进，屁股都没沾过凳子。

相传，很久很久以前，这里是一片深山老林，人迹罕至，是各种野生动物的天堂，有大象、老虎……山脚下有一个小小的村寨，名叫"山林村"，这个村名一直沿用下来，不知经历了多少代人。

到现在，所谓的"山林"，也只剩下村名而已了，因为真正的山林已经不复存在。以前高耸入云的树木，像黄檀、龙脑香、花梨等已经所剩无几，那些可以入药的植物也都不见了踪迹。至于野生动物嘛,只剩下村民们挂在家里墙上的鹿角、野牛角……这些纪念品仿佛在向后人证实着它们曾在这片土地上生活过。

那晚的餐桌上有一只炖煮的大公鸡,我和房东大爷一杯接一杯地喝着村里人自酿的烧酒,两人喝得脸泛红晕、大汗淋漓,聊天的语气和内容也变得越来越热络。

那一夜,皎洁的月光透过椰子树斑驳地洒在房子的露台上,山林村显得格外凉爽、宁静,只有猫头鹰的叫声时不时地撕破夜晚的寂静,从远处传来。

"只剩下这一只猫头鹰寡妇喽,还活着!"房东大爷用瘫软无力的声音幽幽地说着,眼睛看向了一片漆黑的远处。

"您怎么知道这是只猫头鹰寡妇呢?"我好奇地问道。

"公的那只前不久被打死了呀,只剩下这只母的成天东躲西藏,只有在寺庙附近的树干上和竹林中才能苟全性命。"

"难怪它的叫声如此悲凉,听了很瘆人。"我感叹地说道,"希望寺庙附近的大树能成为它最后的归宿吧!"

静默了片刻,房东大爷意味深长地说:"寺庙那边也没剩什么树了,以前确实有很多,有一段时间,山林村的寺里和信众们需要用木头来建新的讲经堂,乡亲们便把那边的树给砍了。"

"那不是造孽吗?"我悻悻地说。

"怎么能叫造孽呢？那是用来建庙，是积功德的好事，又不是偷砍了拿去卖，赚了钱揣进自己的腰包！"

夜深人静，房东大爷绘声绘色地给我讲起陈年往事——

差不多10年前，山林村的父老乡亲们想盖间宽大的讲经堂，好在庙会的时候能容纳下全村人坐在里面，因为村子越来越大，村民也越来越多。于是村民们一起去砍了七八棵树回来，想等到秋收后一起动手盖。但天有不测风云，村民们齐心协力砍的树被查封了。

"为什么会被查封呢？"我惊讶地问道。

房东大爷深吸一口气长叹一声，缓缓地回答道："唉，你真是打破砂锅问到底呀，说到底就是犯法了呗，他们说这算非法盗伐的木材，所以就直接扣押了。"

"非法盗伐的木材！"我下意识地重复了一遍。

"他们说我们没有官方的砍伐批文！"

"那后来村民怎么办的呢？"我又问。

"能怎么办？想去告都不知道找谁，后来庙里的住持和几位村民去要过，听说当时也答应还回来，可这都六七年过去了，也没见到木头的影子。估计都被白蚁蛀光了吧！又过了几年，村民们才决定把寺庙里面剩下的树砍了，锯成木板，改建了现在我们看到的这座寺庙！"

夜更深更安静了，天也更凉了，房东大爷猫着身子走进卧室，周围静悄悄的。我把头埋进厚实绵软的被子里，蜷缩着身子躺在褥子上。尽管这样，仍然感到一阵阵凉意袭来，那是离家游子心中的凄凉。

寺庙里的钟声飘进了我的耳朵，我睁开惺忪的睡眼，看着山林村新一天的开始。我匆忙洗漱，背上从不离身的包下了楼。迎着晨曦，伴着乡音，村民们在舂米的石臼旁、火炉边、鸡鸭猪狗牛舍里忙得团团转。我在村子里漫无目的地走着，沐浴在一片晨曦之中，每家每户的房顶上游走着白色的炊烟。有个老人挑着个篮子，里面装着些食物、酱碗、水瓶、饭篓，显然是要去寺庙里斋僧的样子。

"不去施斋了啊？"一位挑着东西的老太太向路边的房子里问去。

"要去，要去，等一下！先准备点吃的。"一个人从厨房伸出头来向门口这边回答道。

"今天弄了点什么呀？"

"炖猫头鹰肉。"

"哪儿弄来的？"

"还不是阿奔的爸爸呀，昨晚在竹林里猫到半夜才打到的！"

我呆呆地站了很久，想到自己一觉睡到天快亮时才醒，才没能听到山林村里那只命运多舛的猫头鹰寡妇发出的最后悲鸣！

为了一个在塞公的人

◎乔本谭·乔嘎亚西

这一整条路上，平坦、笔直的地方只有不到200米，其余都蜿蜒盘桓在老挝南部这片富饶的高原之上，它缓缓地向东北方向延伸而去，穿过了秀美的森林，跨过了奔流不息的河川，一直延伸到了这座小小的城市，这里正在热火朝天地大搞建设，可以想见，这座城市未来必然会发展得更加文明，更加繁荣。这里是老挝南部的塞公省。

塞公，有很多令我难以忘怀的记忆，那些正在建设中的楼房和公共场所无不体现着现代与传统的融合。尽管现代科技的发展步伐来势汹汹，但这里仍然保留着令人赏心悦目的自然风光，无论是生活在这里的居民，还是偶然路过恰巧一睹其芳容的旅人，都被这里郁郁葱葱的山林、清澈见底的河水所倾倒。当地人最引以为傲的是这里的丰富物产。作为商品加工的木材为省里带来了相当可观的收入。除此以外,这里还盛产咖啡、茶叶、砂仁等。

因为这些,当我们的团队来到塞公省,有机会近距离接触这里的秀美风光时,我们的内心感到无比骄傲。让我们感动不已的还有省里每一个部门,以及当地老百姓对我们的热情接待,和对我们工作的积极配合。对我来说更为特别的是,我会在这里遇到那个让我魂牵梦萦的人。

在我准备赶往塞公的前一天,一辆乳白色的福特车停在了我家门前。一位大婶从车上走了下来,左手提着一个装得满满当当的塑料袋,右手提溜着筒裙,以免溅上泥土,因为此时外面正下着瓢泼大雨。

"这地方可真难找呀,这里是2—25号吧?"来人抬起头来便开口和我打招呼。还没等我回过神来,那个声音又响了起来,听起来心情不错,"看来我是找对人了,请问你是叫西苏万吗?"

"是的,大婶,有什么事吗?先进屋再说吧!"

大婶坐下后,我习惯性地给她倒了一杯凉水,她接过水后立即说明了来意,"我想托你帮我带点东西。"

"大婶要带到哪儿去?"

"带到塞公。那个,你不是要去塞公省吗?"她回答道,为了确认,又问了一遍。我轻轻地点了点头,抓起放在桌上的那包东西,看了看贴在上面的白纸:

寄给:彭莎万老师

地址：塞公省教育厅

我又轻轻点了下头，随即问道："这个地址确切吗？就是这里？"

"没错，麻烦你了，大婶的孩子去那边快一年了，都没给她寄过什么东西。"

我告诉大婶会尽力把东西送到她孩子的手上。她向我表达了感谢和深深的祝福，然后又提着裙子，小心翼翼地朝停在我家门前的车子走去。

到达塞公的第一天，因为坐了整整几十个小时的车，大家都一脸倦容。参加了接风宴之后，谁都没有心思再出去逛逛。而我还一心想着那包委托我转交的东西。"委托人应该希望快些把东西送到，好让收件人开心开心吧。"这样想着，我决定向一位参与接待的工作人员打听一下去省教育厅的路。听完他详细的讲解后，我辞别了同事，向着目的地走去。20分钟就走到了，此时正是午休时间，办公室里一个人也没有。可我并不用在此白白等待，因为我注意到离办公室不到100米的地方，有一排居民房。

"哎，小弟弟！你知道彭莎万老师的家在哪儿吗？"我开口问一个正在树下玩耍的小男孩儿。

"知道，就这儿，这栋就是。"他指着我面前的一栋房子说。我微笑了一下，向他道谢后就朝那栋房子走去。来到房前，我正准备伸手拔起插在地上的竹篱笆门，就听见小狗汪汪的叫声，大概是在和我打招呼吧。

这时有一个中年男子站了起来，双手杵着房子的栏杆，看样子并没有打算要问我什么，见状，我决定先开口问他："打扰了，大哥，请问彭莎万老师是住这里吗？"

"是的，请进来吧！"

我心里想着："这人应该就是彭莎万老师吧。"

我进屋找了个合适的地方坐下后，他接着说道："彭莎万现在不在家，你先坐着等一会儿，我去找她。"

"嘻！还以为他就是彭莎万老师呢，竟然不是，唉！那彭莎万老师究竟是谁呢？"

在那位大哥出去帮我找人的这段时间里，我只能一个人坐在那里等着我要的答案。他走了差不多10分钟，房子露台那边就传来了急匆匆的脚步声。我透过木隔板上的缝隙往外张望，只看见一抹筒裙的裙角从细缝里一闪而过。"哦！这个女的就是彭莎万吗？"

正当我一脸困惑时，她已经从楼梯走上来，站在露台上了。一看她的打扮就知道一定是刚干完活，她穿着一身旧衣服，手里握着一把弯刀，大大的斗笠还盖在头上。她大概也想早点见到来访之人吧，忙放下手里的刀，摘下斗笠，理了理额前的头发，面带微笑，弓着身子，双手合十向我问好。

在看到她那张似曾相识的脸的一刻，我呆住了，竟然忘了向她行礼问好。"哎！我好像在哪里见过这个女的？"我心里涌现出一个大大的问号，我冥思苦想着，目光在她那张俊俏的脸上来回打转，又顺着在她身上打量了半天。她仍然站在那里，两片薄薄的嘴唇上挂着一抹浅浅的微笑，落落大方，很是可爱，不枉我兜了这么一大圈来找她。她往我杯子里加了点水，然后躬身坐了下来。

"我还以为彭莎万是个男的呢。"我想缓和下尴尬的气氛。

"看到真人之后呢，感觉怎样？"她接过我的话茬随口问道。

我没说话，用笑声代替了回答。

"冒昧问一下，哥哥来这儿有何贵干？"那温婉的口音一出来，表明这就是一个地地道道的万象姑娘。

"有人托我给你带了点东西。"我边说边把一旁的东西递到她手里。彭莎万接过去，就翻看起包裹背面的贴纸。

"你是从万象来的吗？"她问着，一脸的激动。我点了点头表示回答。

"怎么样，我妈妈她还好吗？"她这样问，可能以为我认识她妈妈吧。

"如果那天托我带东西给你的人就是你妈妈的话，那我看她还算安好。"

"哦！原来你不认识她呀？那怎么会托你把东西送到这儿来呢？"

"我也没问她是从哪里打听到我要来塞公的。看她托我带东西来，我就……"

"难怪你会以为我是男的。"我们不约而同笑了起来,继续往下聊。

"你来这儿几年了?"

"还不到一年,毕业后就被派到这儿了。"

"哪年毕业的?"

"八五年年底!"

"在——?"

"东都师范大学。"

"来这儿之后就在教育厅工作吗?"

"没有,我在省立高中教书。"

"哦!那今天没课吗?"

"这段时间学校在放假。"

"哦!还真是!跟我说说,是组织上安排你来塞公的,还是你自愿来的?"

她明媚的眸子看着我的脸,笑了笑说道:"冒昧地问一句,你是以记者的身份来这儿的吗?"

"不是的!就只是好奇而已,还是说这是个秘密?"被我这么一问,她对我报以银铃般的笑声。

"说我是自愿来这儿的也不尽然,因为毕业考试结束后,我就想着听天由命吧,哪里需要我我就去哪里。"

"哦,难道不是学生自己申请想去的地方和想做的工作吗?"

"我的很多同学就是那样的,毕业后,大家都踊跃申请去自己喜欢的地方。"

"大部分都想留在万象吧？"

"这也是人之常情，万象是个大城市，那里应有尽有，做什么事都很方便，生活也很有意思。"

"那你呢？"

"我服从组织上的安排，说真的，大城市的生活我已经习惯了，我想要有新的体验，想去一些偏远的地方，想去看看那些人们口中不发达的地方是什么样子，尤其是知识文化水平还很落后的人民所生活的地方。"

"怎么会有那样的想法呢？"我接着问。此时她看着我的脸，眼含笑意，用略带自豪的语气回答我，"人们说，蜡烛只有在黑暗中才能绽放光芒，如果要拿蜡烛和电灯放在一起比，就毫无价值可言。"

她说到这儿的时候，我情不自禁地鼓起掌来。"说得好！为我们领袖的英明决策而鼓掌，为在农村发光发热的优秀人才而鼓掌，真不错啊！"

她边说感谢边微笑着。

"呃，说真的，你来这里不害怕吗？"

"怕什么？"

"怕惹上是非。"

"但我没有招惹谁，干吗会害怕。"

"你不招惹别人，就怕别人招惹你。"

"招惹我？什么事会招惹我？"她不明所以。

"什么事？就是——"我拉长了声音，故意引起她的兴趣。

"什么事？快告诉我。"她更好奇了。

"就是——妹妹——你长得这么漂亮，小伙子们会争着来抢你。"

"哎哟！哥哥言过其实了，我这样的也叫漂亮？全塞公的人你都见过了吗？如果你是今天才到塞公的话，这话可就说早了。等你再待上一段时间就知道塞公人是什么样的人了。"

我和她在这样愉快的气氛中继续聊着，我问了她很多问题，搞得自己像个大侦探一样，问了问她在万象的家，还问到我刚才看到的那个中年男子，因为我憋在心里实在难受，她也明明白白地告诉了我："那个哥哥是我的干哥哥，他是省教育厅厅长，他妻子在妇联工作，她现在不在家，去省政府筹备会议了。"

"学校不是在放假吗，就没想过回去看下你妈妈？"

"想是想，但也不是非回不可，因为我刚来不久，想着明年有机会的话再回去。"

"那放假这段时间你干吗呢？"

"种田种地，为家里赚钱，实现自给自足。"听她这样说，我不禁好奇，一脸错愕地看着她。

"你不相信？如果不信，改天有空了再过来找我。你见过茶园、咖啡园、葫芦园、砂仁园吗？到时候我带你去看。"

"你还搞了茶园、咖啡园？"

"不是的！那些园子都是村民的，我只种了点稻米和普通的芋头,现在黄瓜和西瓜快熟了,玉米正是可以吃的时候。"

在手表指针快要跳到数字 4 的时候,我突然想起了自己心中的疑惑,问起是不是在哪儿见过她。

"还是学生的时候,我作为学校艺术团的成员曾经去万象大剧院演出过,还上过电视。"

听她说到这儿,我激动不已,用尽全力叫了出来:"我就说嘛!我就说我见过你,果然是你!"

我回想起一年多前自己要依赖电视才能入睡的那段日子。我还清楚地记得电视里正播放着师范大学艺术团的演出,我迷上了其中的一个女演员。她样子很可爱,是那支舞蹈的主角,不仅如此,她还会唱歌,歌声婉转动听。"说真的,"我出卖了自己心中的秘密,"我觉得我真的被这个女演员给迷住了,要是手里有一台照相机,真想把她在荧幕上的一颦一笑都给拍下来。"想想都觉得自己很好笑,那时的我想入非非,想要看到真人,想要近距离地看看她,甚至想要娶她为妻。如此美丽的人,就像一剂能缓解疲倦的灵丹妙药。忧愁烦恼之时,看看她的脸,烦心事就全都烟消云散了,听听她的歌声,眉头便会舒展开来。心里只想知道她是谁,上几年级了,毕业了会去哪里,是否已经心有所属。

天呐!这天真的来临时我却不知道该如何是好,这就是老一辈人所说的缘分吗?这么巧,让我今天碰到了我的梦中情人。美梦真的会成真,以前我幻想着能见到她，今天就真的见到了。以前我还幻想着找一个像她一样的姑娘做我的人生伴侣，尽管今天还不知道答案会如何，那日后呢，会不会也像今天一样梦想成真？

在我还沉浸在往事之中时，她实在受不了我心不在焉的状态了，于是打断我的思绪说道："哥哥！刚才一直是你在采访我，现在该我了，可以吗？"

"当然可以，你随便问，我绝对一个奔儿都不打。"

"哥哥还没有告诉我你叫什么名字，在哪里工作，这次来塞公是办什么事情，多久才回去。"她一连问了好几个问题，我忍不住笑了起来。

"不留几个下次问吗？妹妹还真是的，一下子问那么多，我都没记住，要怎么回答呢？"

"哦！那就先问名字吧。"

"名字吗？西苏万。"

"哥哥做什么工作？"

"是做森林修复的。"

"来这儿干吗？"

"来收集数据，同时检查一下往年树苗种植的情况。"

"只有这些？"

"顺便来挑选合适的树木母本，收集作为下一季的种子，拿去研究，做试验。"

"就这些吗？"

"还有。"

"什么呢？"

"还有——就是，呃！给我将来的孩子找个合适的妈，我们——"

我还没说完，她就先笑了。经过这两个多小时的交谈，我觉得我们之间很投缘。时间将近5点，我和她就此告别，回到了招待所。

又是新的一天，我和同事配合省林业部门完成了上级交代的任务。下基层的头五六天，感觉工作比我们想象的要更复杂。虽然每天都要全神贯注地投入繁重的工作中，但我脑海里还是时不时会想到和我"梦中情人"之间的约定。所以一到周日，刚吃完早饭，我便申请离队，然后飞奔着去找她。这次见面，她介绍她的干哥哥和姐姐给我认识。之后，她邀请我去看看她的菜园，走之前还不忘请姐姐帮忙把那只她已经抓好的母鸡给杀了，央求姐姐做她最拿手的那道甜品，至于其他饭菜，她说要亲自下厨烹制。

那天上午，彭莎万带我去逛了逛她的菜地，地很大，面积不下2公顷，园子里主要种着水稻，还有玉米、木薯、花生、红薯、丝瓜、南瓜、黄瓜……一样接一样。

走到菜地中间，她指着一个茅草棚和我说："万哥坐在这里休息一会儿吧！我生火烤玉米和红薯给你吃。"她边说边从篮子里掏出一根黄瓜递给我。

"万哥，尝尝这黄瓜好不好吃？"她用炙热的眼神看着我问道。她弯弯的嘴角,像极了玫瑰的花瓣,带着迷人的微笑,让我魂不守舍,我不知该如何形容此刻的感受,只能同样面带笑容,和她四目相对,同时在心里嘀咕着:

眼睛呀眼睛,是为了彼此相遇。
内心呀内心,是为了感受幸福。
笑容呀笑容,是为了记录美好。
嘴巴呀嘴巴,是为了感动人心。
眼睛呀眼睛,见到你就已沦陷。
内心呀内心,我的心,该怎么做?
笑容呀笑容,发自内心还是谄媚?
嘴巴呀嘴巴,花言巧语还是出自真心?

美人呀美人!美丽的人做什么都是那么的美,看那握着黄瓜的小手,即使是在辛勤的劳作后也没留下任何瑕疵,不管怎样看,谁会相信这一双如凝脂般的纤纤玉手不知多少次握着锄头开垦田地,播种稻米、花生、茄子,喂养鸡、鸭、猪、鹅。

那天中午,我和她还有她的哥哥姐姐一起吃了顿饭。她结合塞公人的传统,改良并创作出了新的菜式,味道特别可口,我一点毛病都挑不出来。她干哥哥和姐姐一直和我有说有笑。桌子旁边放着一大坛子酒,用吸管插在坛子里吸着喝,喝的时候觉得甜甜的。我喝了很多,直到头晕晕的才发现自己已经醉了。我准备回招待所时,他们还给我拿了一篮子黄瓜、玉米和水煮花生,让我带回去分给朋友。唉！喝醉了的人就是容易任人摆布。

到塞公的第二个星期，问题已经处理得差不多了，工作也轻松了很多，基本一上午就能完成当天的任务，没做完工作的人下午继续做，其他人休息。我就一直待在那儿，待在山脚下那片小小的菜地里。每次去那儿我心里就有种说不出的舒畅，因为可以见到她。每次去我都帮她干点活儿，锄锄草、修修篱笆或是捡捡柴禾，总之眼睛里看见什么就做什么，累不累已经不重要了。

经过这段时间的相处，我越发认为彭莎万是一个具备优秀品质的老挝新女性。她的言谈举止温文尔雅，但干起活来却十分麻利，让人佩服不已，忍不住想要夸赞她。看她的外表，本应是个坐在镜子前梳妆打扮一番后就要上台表演的模特或是艺术家，但她却甘愿离开五光十色的都市，来到这个偏远穷苦的乡下。

要离开塞公的前一天，我请求离队一晚，去她家告别。那天晚上除了我们两个人，还有一盏小小的油灯在暗自偷窥着我俩，我们敞开心扉，彼此倾诉着衷肠。

"彭妹，虽然我现在不得不离开，但我的心会一直留在这里，我一定会再来找你，我要向组织提出申请，批准我向你求亲。"

"我只怕这一切会无疾而终，就像一只被甘蔗水引诱出洞的蚂蚁，最后换来的却是白白搭上了自己的性命。"

"为什么会这么说？"

"在塞公，没有大剧院，没有电影院，没有夜总会，没有达颂瀑布，没有南松河，没有高丹隘口，总而言之，这里一个可以让人消遣娱乐的地方都没有。"

"但是有茂密的山林，美丽的塞公河，尤其是有你，彭莎万，对我来说，生命中有了彭莎万就拥有了全世界。"

"我真怕你这个城市仔会厌倦了农村的生活，背叛了自己许诺的爱情。从中央下来的青年人啊，你确定自己真的爱我吗？"

"确定！千真万确，苍天在上，黄土为证，所爱隔山海，山海皆可平，我西苏万说到做到。"

利令智昏的项链

◎宏阿伦·登维莱

  土路边有一家不起眼的小店,躲在芒果树的树荫下,店对面有一棵文丁果树,伸展的树冠形成了一小片凉爽的荫庇之地。

  店主是一名叫沃布的大妈,小店装修得极为简陋,以卖米粉和汽水为主,另外还卖长条的肉干、香肠、酸肉粽以及各种糖果。

  村里人只会买那两三样东西,至于米粉和汽水,对于这里的村民来说太过奢侈。村里的人很久才会来吃上一碗粉,汽水要卖得更好一些,因为踢藤球的年轻人常常在散场后来店里喝上一通。

  好在这条路是通往市级旅游景点的必经之路,每到星期六星期天,年轻的男男女女会骑着摩托车从这里经过。回来的时候,他们便会三三两两地到沃布的店里坐着吃粉喝汽水,这样下来小店的利润还不错,沃布也存下了一些积蓄。经年累月地省吃俭用后，她也学着城里人那样给自己买了一条金项链，足有15克重。

由于店铺开在土路旁边，加之路面也没有好好地修整，每当汽车经过，车轮掀起的灰尘就会飘进店里。想解决这个问题光靠洒水是没用的，早上刚洒完，不到中午就又灰尘满天飞了。

"这灰尘真是烦死人，这些车开那么快，怎么也不掉点金子下来呢，我好捡了去卖钱，再把店里好好装修一下。"沃布抱怨道。

"哦哟，我的娘哎，你这话简直要笑死人了，那又不是运金子的车。"沃布的女儿阿丽说道。

"若真有人的金子掉了也要物归原主的。"女儿继续说道。

"打死我都不会还的，不信让我捡一个试试。"

"还是不行的，怎么说也不是我们的东西。"

"不论怎么说也是我捡的，孩子你要先知道这一点，有人捡到钱捡到金子就说明他前世做过很多善事，捐出去了很多钱，所以换来了这辈子的福报，神仙才会给他送钱来。"

"妈，照你这么说，有人捡到东西就是神仙来送福报，那丢东西的人在前世莫不是偷了或者骗了别人很多钱？"

"那是肯定的。"

"哎哟，妈啊，你可别胡说八道。无论如何，把别人的东西占为己有就是不对的。"

"有什么不对的，我又没偷没抢。"

晌午的天气闷热难耐，这个时候路上也没什么人，好一会儿才看见一辆皮卡车飞驰而过，就好像有十万火急的事情要赶着去办一样。

一名年轻男子骑摩托车停在了店门口，架好车后他走进店里点了一碗粉。母女俩暂时停止了争吵，阿丽抓起蔬菜放在盘子里，沃布则急忙去煮粉……

粉端到年轻男子面前，他忙着往里面放调料，然后坐下来吃，时不时偷瞄一眼端蔬菜盘子过来给他的小姑娘，他边吃边观察着店里的一切。

不一会儿，又有一名男子走进店里，看年纪和之前进来的男子相仿。他和先来的男子坐在同一桌，点了一瓶汽水慢慢地喝着，似乎是想让这里的阴凉把身体里的热气也带走。虽然他和先来的男子同坐一桌，但他好像并不关注那个男人，而是转过头和沃布聊了起来。

"大婶这个店开了几年了？"

"刚好三年。"

"一天能挣多少钱呢？"

"刚够糊口而已啊！孩子。"

沃布表面这样回答，但内心深处是自豪的，因为她在短短的三年内就赚到了钱，还给自己买了一条足足15克的金项链。

吃完粉后，第一个男子就起身离开了，刚走没多会儿，还坐在店里的男子也起身准备离开。

"哥哥啊，哥哥，你的包忘了拿。"阿丽朝男子大声喊道。

"不是我的包。"

"哦，那应该是先走的那个人的包吧。"阿丽说道。沃布走过去抓起包打开来看，包里有2万基普和一条30克重的金项链。

"发大财啦！"沃布瞪大眼睛兴奋地叫起来。

"妈妈你真是的，你啊，一天只想着发不义之财。"阿丽说道。

"恐怕这是我们前世修来的福分！是吧，大婶？"年轻男子说道。

"接下来怎么办？"沃布问道。

"直接对半分啊。"

"要怎么分呢？"

"妈妈啊——你——"

"小孩子不要瞎掺和，大人的事让大人来决定。"

"这样吧，这包是在大婶你的店里捡到的，所以这2万基普就归你一个人，金项链呢——我们平分。"

"阿丽啊，把槟榔果盘里的夹剪拿来给我，我来把项链截断……"

"别急啊，大婶，截断了，这东西就掉价了，卖也不如之前值钱了，不如这样吧，大婶你把这条金项链拿走，然后把你戴的那条给我就行。"

103

沃布在心里称赞这年轻男子的机智,她急忙把脖子上的项链解下来递给男子,然后接过那条足足比她原来的项链重了一倍的新链子。

那个男人迅速地走出店外,沃布紧跟其后大声说道:"下次别忘了再来照顾我的生意啊。"

第二天,稍微留意下的人就会发现沃布的店有些不对劲,因为没看见沃布和她的女儿像往常那样打水来泼洒店门口的路面,再仔细观察就会看见店门上挂着一个小小的牌子,写着"装修中暂停营业"。沃布大婶已早早地坐上了去万象的车。

临近中午时,一辆公交车驶来,停在了店门口。沃布从车上下来,看起来十分疲惫,她步履蹒跚地走进店里,满脸愁容,眼神黯淡地四下看看。

"嘟嘟!"她大声寻唤着小狗嘟嘟,那是一只被养得肥肥壮壮的小狗,因为她经常用米粉碗里剩下的骨头喂它。

"妈妈啊,我已经喂过嘟嘟啦!"阿丽大声地告诉妈妈。

小狗摇着尾巴走过来,在沃布面前慢慢趴下,沃布掏出那条30克重的项链戴在嘟嘟的狗脖子上,然后走到店门口将那块写着"装修中暂停营业"的牌子狠狠地拖了下来。

疯狂的黑犬

◎岛万·布纳阔

当被人逼到角落里，已经无路可逃时，这只黑狗想起了自己的主人，回忆起了主人的好。主人大概还不知道自己的狗将被拉去卖掉。几个小时后它就会被卖给万象的狗肉店，做成食物，这次必死无疑了。

一路走来，车子从塔额村经过了东丢村，黑狗感觉越来越喘不上气，离万象越近，就意味着死亡离自己越近。这群狗里一些幼小的狗崽对即将发生的事情一无所知，还在那儿活蹦乱跳，一路上兴奋得汪汪直叫。有的想到自己做了一辈子的狗，还能去看看外面的花花世界，也算不枉此生。有的甚至开始憧憬起即将开始的美妙旅行。当它们得知被关在狗笼里的这 20 多只狗都将被卖给狗肉店的时候，死亡带来的恐惧把它们吓得哭叫了起来。

到达狗肉店的时候刚好是下午 5 点。

所有的狗安静下来，只听到它们的呼吸声和喘气声。狗儿们伸长着脖子看向这家名叫"登极乐"的狗肉店，身体像被电击一般地感到无比恐惧，有的后退着去找逃出狗笼的办法，但看来只有死路一条。

狗笼被放到了狗肉店前。

狗贩子和店主进到里面去商议价格了。

狗肉店是两个打通连在一起的房间，楼上是主人的卧室，楼下是做狗肉生意的地方，店前面的牌子上写着"本店有黄焖家养麂子肉"。烤狗肉的炉子中正冒着滚滚的白烟，就像冬天里的浓雾一般四处飘散，上面正烤着狗肉做的腊肠、狗排骨、内脏等。

店里几乎座无虚席，桌上摆着白酒、啤酒，这还不够，还有面带微笑，随时等着服务客人的小姐。

没过多久，店主和狗贩子相继走了出来。

店主是个个头不高、大腹便便、嗓门很大的胖子，一看就是个很爱摆谱的人。他经营这家狗肉店已经15年了，店里的客人络绎不绝。从前他是个蹬三轮车的，转行卖狗肉后就发财了，最早这栋房子是租的，发财后他就直接买了下来。靠卖狗肉的他不仅买了房，还买了车，现在有一辆小轿车、两辆摩托车，除此以外，还在东都路边买了块两公顷的地闲置着。没有人相信他是靠卖狗肉发的财，不过像他这样贱买贵卖，挂羊头卖狗肉的做法想不发财都难。这些也就算了，这家伙还无比的吝啬。

这家伙每天的利润不下 1 万基普，一年 365 天，算下来就是 365 万基普，就这样干了 15 年，钱都快堆成一座山了。

店主双目圆睁，看着笼子里的狗，观察它们的肥瘦，并数数看够不够数。然后他让狗贩子把狗笼拿到后院去，把狗换到一个更大的笼子里，备着日后宰杀。随后狗贩子拿着一大袋子钱喜滋滋地走出店外。

没有什么比知道自己将在两三天后死去更加折磨人的事了。狗儿们坐在那里四目相对，等待着厄运降临的那天。有几只狗忍不住地流下眼泪，有几只狗用牙齿咬着栏杆，希望能够逃出这个人间炼狱，有些则静静地等待死亡。在死期将至的这段时间里，狗儿们彼此惺惺相惜，不再像往日那样打打闹闹。黑狗是这群狗里最大的一只，它比谁都更忧心忡忡，仿佛那把屠刀随时会架在自己的脖子上一样。

一夜过去了。

狗笼里的狗还活着。

今天早上被杀掉的是关在另一个狗笼里的狗。

这家狗肉店每天至少要卖五条狗。瘦狗能活得久一点，因为要先把它们喂得壮实些才会杀掉。长得肥的狗最先遭殃。店主会亲自动手宰杀，有三个人帮忙打下手，生火烧水、剔毛、烹煮，三人之中还有一个女的。

为了不被狗咬，在抓狗的时候是有一定技巧的。首先，屠夫会用食物来引诱狗子，他装出一副对狗很慈爱的样子，用手轻轻地抚摸着狗头，当狗放下戒备时，便用绳子套住狗脖子，把它从笼子里拉出来，接着杀掉。

不得不说，报应这种事，只可信其有，不可信其无。尽管做人还是要相信科学，但有时候科学也无法解释一些玄妙之事。虽说报应不是一件司空见惯的事，但确实是存在的。想要谋财害命，或是为了个人幸福而剥夺他人生命的人，迟早要遭报应。

黑狗一直紧紧地盯着屠夫的一举一动，它心里想：必须要有所行动。它很清楚自己会是这一笼里第一只被拉出去屠宰的狗。

第二天早上醒来。

磨刀的声音响起。

黑狗已经了然于心，今天就是它的死期。它装成是一只乖巧听话的狗，摇头摆尾，急不可待地冲出笼子。随即就听到屠夫的惨叫："救命啊，我被狗咬了！"

黑狗本想跳起来咬他的喉结，但是被屠夫拿手挡了一下，所以只咬到了手臂，它用尽气力狠狠地咬了下去，咬到快没劲的时候，迅速地从后院逃走。它回头望了一眼，有五只狗从笼子里夺门而出，没命地跟着它跑。不过还是有一只被当场打死了，笼子里其他的狗也都慌不择路地跑了出来。

屠夫被送进了医院。

医生告诉他要按时来打针，治疗期间，不能胡吃海塞，尤其不能喝酒，否则，如果咬他的狗带有狂犬病毒，那么伤者也会出现一样的症状，甚至会丧命。

三天过去了……

第四天，屠夫身上出现了狂犬病的症状。

他被拉进医院里，此时已经面色惨白。

他告诉医生，他只吃了点米线而已。

酒精和腌制品会最大限度地激发狂犬病毒。医生说，他这样子活不过五天，他像狗一样开始呻吟打转，鼻子里、嘴巴里流出涎水，他被一条链子拴着。到了第六天的时候，狗肉店的老板就咽气了。

一天晚上，刽子手的老婆做了个噩梦。

她从睡梦中惊醒。

她梦见一只大黑狗，龇着尖尖的牙齿，伸着长长的爪子，后面还跟着上百只狗向她扑来，造孽之人注定会永无宁日。

约会

◎永能

办公室里,男人看似正坐在桌旁弄材料,其实啥也没干,他无心工作。男人手里拿着钢笔,文件打开又合上,合上又打开,却一个字也没写。

他就那样百无聊赖地坐着,像是在工作,其实思绪早就烦躁不安地在办公室里飘来飘去,就像一条被关进了捕鱼栅里的鱼。并非只有他一人如此,放眼望去,办公室里其他人也都一样,都是一副无所事事的样子,有一搭没一搭地聊着天,等着领导来安排工作。

既然无事可做,又没心思坐在办公室,那为什么还要憋屈地坐在这里呢?何不痛痛快快地出去玩一玩?实际上他一大早就开始问自己这个问题了,心里也早已有了答案,他已经做好准备要这么干了。

正当他蹑手蹑脚地准备离开办公室时,领导突然走了进来,"砰"的一声坐到了别人的桌上,然后开始东拉西扯,完全没有停下来要离开的意思。

今天办公室里的人格外多,因为有领导在嘛。

"唉!今天领导怎么不像往常一样在部里开会呀?"男人失落地想着,其他人或许也像他一样感到失落,但仍装模作样地开心地聊着天,一点都看不出不悦的表情,因为他们已经习惯了把办公室当作游乐场了。

但是,一直耐着性子坐在办公室里等领导离开的男人是幸运的。

"丁零零——"男人桌上的电话响了起来,他马上兴奋地抓起听筒,就像是接到了期待很久的电话一样。确实他也正等着这通电话呢,等它来化解办公室里的无聊和烦闷。如果有人发觉,并问他怎么接这么快,他会回答:"不想失礼,不想让电话那边的人等太久。"

"你好,是4624吗?"一个甜甜的女声从听筒里传来。

"对不起哦,不是,这里是5635。"男人温柔地回应,就好像只有这样温柔的回答才能显出接电话的人很有礼貌。

电话那头沉默了一会儿,可能心里正在纠结"打错了要怎么办",也可能心里正在骂着"这该死的电话线怎么说串线就串线",又或者想着别的什么。为了能再多聊一会儿,即便是些无关紧要的话,男人急忙打断对方,怕她立刻挂断电话。因为他被对方甜美的声音所吸引,甚至忘了该有的礼貌,但却没忘记刻意让自己的声音温柔一些。

"不好意思啊,请问你是从哪里打来的?"

"我从旅游司打来的,这不是阿鹏家的电话吗?"回答的声音依旧甜美,男人难以置信,这女人竟然和自己在同一个单位工作。

"不,不是呢,这里是图书馆哦。"男人直接回答后问道,"不好意思,请问你是哪位?"他真的很想知道答案。

"我是安玛拉,哥哥呢,是哪一位?"女人回答完之后立即反问道,好像早有准备一样。

"我是宋鹏。"男人借用了一个同事的名字来骗她,"听妹妹的声音好甜啊,真想跟你见一面呀。"他开始绕着手里的电话线。

"我可丑了,我其实更想见见像哥哥这般嘴甜的男生,应该很帅气吧,但是我不敢,我很丑,只敢躲在远处看看。"她回答道。

"好看的人都很谦虚,我才丑呢。"男人还不想结束这段对话,"像我这种丑男听听声音就够了,怎么敢奢望有人喜欢,像你这样的美女见到我,不免会嫌弃,都不会愿意多看一眼的。"

男人和女人就这样聊着,就像已经相识了很多年,而实际上他们素未谋面。此刻男人忘记了电话占线的事情,他想让电话就这样一直占着。

俩人愉快地聊了半个小时,聊得忘乎所以,完全不顾身边的同事和领导,更顾不上去想花了多少电话费,这跟他们无关,这是办公室的电话。如果换作是在家里打,爸爸一定会气得骂他,让他注意节省话费,所以男人不想把自己的电话号码告诉对方,不如单位的电话方便。

男人最终相信了女人真的在旅游司工作,也就意味着两个人同属一个部委,现在他唯一担忧的是,聊天时他借用了旁边一位同事的名字,那如果下次她再打来碰巧遇到宋鹏来接,岂不是让她失望。不过转瞬间男人又释怀了,因为再过两天就是日本的国庆节,部里将和日本大使馆一起办影展。女人会收到邀请函,男人也会,这么说吧,部里上上下下,大部分人都收到了邀请函,连家属也有份儿,谁让这邀请函就是他们单位发出的呢。

俩人相约在电影院,同时也是国家剧院的门口见面,一起去看电影。为了便于认出对方,他们约定,男人穿和职业装一样的浅蓝色上衣,蒲葵色的裤子和鞋边红蓝相间的白布鞋,鞋头是翘起来的,就像神话故事里天帝穿的那种鞋子样式,手上会戴着三扣式的手表,金色的手链,还戴一根金项链。女的上身穿闪闪的粉红色上衣,下身穿粉底绒绣花纹的丝质筒裙,束着铜金色的腰带,脚穿淡粉色高跟鞋,戴着一根很粗很粗的金项链,手腕上是个黄灿灿的细链手表,头发编成辫子,再扎上粉色的蝴蝶结。总之,看上去粉粉亮亮的那个人就是她，一眼就能认出。

邀请函上写着"电影晚上八点开始"，但男人七点半就到了，比外国客人来得还早。要是去参加会议或是学习，男人才不会那么积极，但这次是来等他的"甜心"，并且是第一次约会，内心按捺不住地激动，必须早到一会儿。他来得那么早还有另外一个原因，他心里早就盘算好了，像这种宴会，包括婚宴、晚会，或是某个部门的庆功宴，经费预算都是足足的，吃吃喝喝或是唱唱跳跳都会管够。

男人就这样等着，别有用心地等着，满怀希望地等着。

外国客人来了，老挝客人也来了。

来的外国客人都是些有头有脸的大人物，老挝客人里则是老老小小，甚至还有人怀抱婴儿，这样做体不体面，男人也说不上来，因为他也不知道外国人的体面和老挝人的体面指的是不是一回事。

但男人迟迟没看见她或像她的人出现。很多稍微熟识点的人经过男人身边时，都问他怎么还不进去，或是要不要一起进去，男人都回答说在等朋友。

大多数看着眼熟的人都是点头微笑示意一下就过去了，男人也都是应付式地点下头，他心心念念的还是那个约好的人。

因为这样站着一直等，男人碰到了很多老相识，他们都会敷衍地聊上几句，其中也包括一个女人——布莎婉。

"你好，嘎拉。"女人跟男人打着招呼。

"你好，布莎婉。"男人敷衍地回答道。

"怎么样？好久不见，最近有没有结识新欢呀？"

"没有，你呢？"

"我？也没，谁会要我啊，这么丑的人。"女人看似谦虚实则傲慢地回答。

"确实，丑到没人要。"男人心里这么想，但嘴上什么也没说。

"你这是和谁一起来的？"女人问道。

"朋友，还在等，你呢？"

"我也在等朋友。"

女人回答完后，男人没再继续接话，女人好像也无话可说，于是她就告辞走到一旁的角落，抬着头左右张望。男人则留在原地，也像女人一样左右张望。

这位布莎婉小姐，是男人在东都大学读书时的同学。那时候，她是他最不待见的女同学，因为她爱吹牛、狂妄自大，集各种毛病于一身。至于男人，女人也同样瞧不上，倒不是因为男人不喜欢她，她才不喜欢他的，而是因为他们完全是同一类人，俩人都不受同学待见。

男人也是这几年才改了爱显摆的毛病，他自己也意识到那样不好。

以前他俩什么事都要争个高低，爱炫富、比吃穿、比奢靡，就连说别人坏话、撒谎都要比比，就是不比学习，因为俩人学得都不咋样。

不，学习上也比，比谁倒数第二，谁倒数第一。

因为男人和女人都不喜欢对方，所以彼此从来不会多聊，相互也不关心，只会聊些"在哪儿呢""干吗呢"这样不痛不痒的话题。刚刚也是因为许久没见，出于礼貌，打个招呼而已。毕竟是同班同学，碰面后不打招呼也不像话。再说，还可以顺便炫耀一下自己的打扮，还约了朋友一起来看电影呢，仅此而已！

男人等啊等，一直等，从七点半等到了八点半，电影已经开始放映，最后一位老挝客人也已经入场。

但男人依旧在坚持，已经等了这么久了再多等一会儿又何妨。开会都要迟到，更别说是看电影了，何况这次的电影还比邀请函上的时间推迟了一会儿才开始放映。

又等了10分钟，男人终于下定决心准备进去了，但是一个人走进去，又担心在门卫面前很丢脸，穿得这么隆重居然没有女伴。男人索性拉下面子去邀请同样因为"等朋友"而还没进去的布莎婉一起，以消除彼此的尴尬。女人还是一脸傲娇地回答说："这个骗子，算了吧，我才不稀罕呢。"

男人和布莎婉一起走进影院，里面几乎座无虚席，后排和中间都有人坐了，他俩只好坐到了最前排的位子。电影放到哪儿了也不知道，他也不感兴趣。

原本很窄的座位，在他俩坐下后还留出了差不多一半宽的地方，因为俩人都紧紧贴着扶手边坐，只不过是不同方向的扶手。

布莎婉闷闷不乐地坐在那儿，对电影和男人都毫无兴致，男人也一点都不在意女人。让他心神不宁又气愤难当的只有那个电话里声音娇媚的安玛拉。

思来想去之时，男人瞥了一眼身边的女人，对她的打扮产生了兴趣，他脱口而出："婉，你在哪个部门工作？"

"旅游司。"女人懒洋洋地回答他。

女人的回答让男人蓦然一惊，再对比下她这身引起他注意的打扮。

"布莎婉这一身，还有这声音，与安玛拉在电话里和他说的如出一辙……"他大脑一片空白，心累到不敢再往下想。

硝烟和汗水

◎ 海恒·勐潘

我们的车到达孟康县城后调转车头继续往北,沿着6号公路行驶,最后停在县办公楼前的草坪上,那里已经搭好了五六个帐篷,一字排开。这里就是青年劳动队下榻的地方,这次省里派我们下来是来帮助孟康县老百姓修水渠的。出来迎接我们的是一位大哥,他穿着一套已经很旧很旧的绿色军装,上面补丁摞补丁。看他走路的姿势就知道应该是装了假肢。见状,盛康附在我耳边说:"康哥!你看,一个瘸子来干什么。"

"人家可是队长呢,妹子!"

"我们缺的不是队长,是能干活的人,不是找来袖手旁观,给我们讲政治的人。"

"我怕你干起活来还不如他呢。"我打趣盛康道。她的脸顿时就红了,嘴里嘀嘀咕咕了两三句后提着东西下了车。下车后,我们按照队里的安排朝各自的帐篷走去，里面已经住进了几个更早些就到达的队员。我正好和出来迎接我们的那位大哥住一个帐篷。

在每天的朝夕相处中，我和这位残疾大哥越来越熟稔，感觉特别亲切。大哥叫布占，在省农业厅工作。这次并不是谁强迫他要来干这种他能力无法胜任的重活的。他本可以心安理得地领着养老金，或是在办公室里做点轻松的工作，又不失革命者的尊严，也没人会说他是在挑肥拣瘦、拈轻怕重！但是他还是和我们一样，每天早上从7点干到11点，下午又从3点干到7点。年轻人想找点轻松的活给布占大哥干，但是这挖水渠的活儿，要从渠底下把土挖出来，然后再倒到边上，根本就没轻松二字。最轻松的就是给大伙烧点喝的水。这活儿看起来简单，做起来很是费劲。每天布占哥要跑上跑下地打水来放在炉子上烧，然后又提着烧好的水送去给大家。刚腾出手来，他就下到渠底和我们一起挖土。他总是干到汗流浃背才停下来。有时他会带着我们一起唱歌，缓解下疲劳。到了休息时间，我们全都围坐在布占哥身边，缠着他给我们讲打仗的事或是别的什么故事。我转身去找盛康，小声地和她说："瞧见没？我们这些年轻人很多还不如他呢！"

"我是彻底服了。"

一天傍晚，盛康和她的朋友来找布占哥玩，大家心情不错，就相约去看晚霞。我们边走边问布占哥关于他的各种事情，最后他索性跟我们讲起了他的人生经历，这些事情他从没和别人提起过。

布占哥的家乡在川圹省万通乡班枯村，他出生在一个贫困的农民家庭。9岁那年，他挚爱的父亲被法国人杀害了，因为他不愿意加入法国人的军队。11岁时，和他相依为伴，一直为他遮风挡雨的母亲也因哮喘病去世了，布占哥从此就成了孤儿。为了生存，他只能跟着寺庙里的和尚到处去化缘。1961年川圹解放了，他离开了寺庙，自愿加入了老挝人民解放军，要为老挝的救国运动贡献自己的一份力量。1971年布占哥在普梗山战役中受了重伤。发动战争的美帝国主义及其走狗夺去了他的一条腿，但夺不走他作为一名勇敢的革命者和党员的血性。刚一出院，布占哥就申请回到前线和战友们一起战斗，上级领导没有同意，他被调到办公室工作。就这样，布占哥的军人生涯就此结束。那时候他几乎每晚都会坐在办公室后面的小山上，望向远方，在风声中找寻那发出"轰隆隆"炮声的地方，竖起耳朵听冲锋的号角声和战役告捷时战士们的欢呼声。

"那段在军队的日子应该很苦吧？"盛康边问边睁大眼睛看着布占哥。

布占哥没有说话，看着远方沉默了一会儿，才转过来看着我们慢慢地说："是的！那个时候，解放军战士的生活非常艰苦，有时一个礼拜就只有稀饭，拿芋头当饭吃，身上连套换洗的衣服也没有，因为后方的补给队还没有到达，而前方又必须按照国家的命令继续向前挺进。但是我们没有心生抱怨或丧失斗志,每个人都时刻准备着把子弹送进帝国主义分子和卖国贼的胸膛里。"这时,布占哥讲起了他永生难忘,也是他军旅生涯中的最后一战——普梗山战役。那天布占哥的连队接到命令,要攻打普梗山制高点的敌人,打通通往王宝部队的核心区——龙镇盆地的道路。这个任务对于他们这支号称战无不胜的连队来说根本不在话下。战斗只进行了半小时,敌人就被打得抱头鼠窜。战士们胜利的欢呼声响彻整个营地。胜利的信号弹在黎明前墨蓝色的天空下显得格外耀眼。指挥部向连队发来贺电,同时提醒务必警惕敌人天亮后可能会发起的反攻。正如指挥部预料的那样,东边的天际刚刚泛出鱼肚白,数不清的 105 毫米炸弹向他们飞来,与此同时,敌军 6 架轰炸机轮番疯狂扫射和投放炸弹,要置他们于死地。但是战士们无所畏惧,勇敢地向头顶上的轰炸机射击,当场就击落了一架,另一架尾部也着了火。看到如此情景,其余的轰炸机不敢低空扫射了,只能在高空盘旋着,胡乱地投掷着炸弹。战士们抬起衣袖擦着脸上的汗,相视一笑,那是得意的、骄傲的笑。

"正在那时,从下方营地传来了吵闹声和咒骂声。哦!果不其然,敌人正在集结,准备向我们反攻。"布占哥讲话的声音犹如还在战场上一般铿锵有力。

"来得正好,拿上老子送你的子弹到那个没有鸡叫的世界见祖宗去吧。来啊!来啊!你们这是在自寻死路。"

一顶钢盔，两顶钢盔，接着是五顶、六顶，然后数十顶钢盔从草丛里冒出来。待他们慢慢靠近后，兄弟们以迅雷不及掩耳之势，把那些先上来的敌人当场击毙。后面的敌人看到这样的情况，拿着枪乱扫一通后就落荒而逃了。敌人又发动了四次进攻，都被我军打退了，到了第五次的时候已经是正午。布占哥他们的子弹全部打光了。战士们拔出刺刀要与敌人决一死战，每个人都等待着，做好了为国家、为人民献出自己鲜血和生命的准备。

千钧一发之际，有个战士跑来说："补给队已经到达了山脚的营地。"大家开心地望向彼此，连长急忙命令小分队下去接应。当看到补给队的战士都还是些少年时，大家都吃了一惊，他们之中最大的也不过15岁，除了最后一排那个人，布占哥猜他可能是他们的老师。问过之后才知道他们是勐柏县中学的学生。布占哥和他的战友们赶忙从他们背后接过子弹箱和食品袋，然后带着他们跑去找临时的掩体。

突然耳边传来了炮弹飞来的声音，布占哥声嘶力竭地喊道："趴下！"看见有个女孩呆若木鸡地站那儿发愣，他赶忙跳起来把她扑倒在地。说时迟那时快，震天的爆炸声响起。布占哥也不知道炸弹离他们有多远，只感觉自己眼冒金星，浑身皮开肉绽般疼痛。醒来的时候已经躺在了战地医院，布占哥也不知道那天有没有其他人受伤,那个女孩是否还活着。

说完,布占哥长长地舒了一口气。我扭头去看盛康,她的脸上不知道从什么时候起已经满是泪水,她拿袖子擦了擦,仿佛在跟自己说话一样喃喃地说道:"哥哥说的那个女孩很安全,她还活着,一直活到了现在……"

布占哥"唰"地回头望向盛康,眼睛里闪着光,那个远在天边的女孩,此时正和自己一起并肩为这片土地挥洒着汗水。

布占哥又看向了远处,那里有等待灌溉的田野,还有兄弟姐妹们正在齐心协力开挖水渠的身影。他的脸上露出了笑容,那是对未来充满希望的笑容。

真诚

◎朵布·孟望

他是谁？住在哪儿？是干什么的？这一带没人知道，因为村民们看到他出现也就是这两三天的事。这里的村民对村子里进进出出的陌生人已经习以为常了，他们对"陌生人"，或者说得更具体些，对"外乡客"毫无兴趣。

这个村子，是一个远离喧嚣都市的村庄，不同于其他乡下地区，这里山林茂密，溪流清澈，对于大城市的人来说，这些美丽且天然的东西是难得一见的。所以，节假日城里人都喜欢成群结队地来东朋排村呼吸新鲜的空气，甚至有时会排起几十辆车的长龙。有的人当天往返，有的人会逗留上一两晚，村民对于一茬接一茬的陌生人早已司空见惯。

这些城里人大都衣着讲究，色彩艳丽，样式时髦，村民只要瞟一眼就知道他们是从城里来的。但是"那个人"的穿戴一点也不起眼,和村民穿得并无二致,他的行为举止,甚至说话也和那些城里人不太一样,以至于村民们都不相信他是从大都市来的。

没有人知道这个人姓甚名谁,但见过他的人都说,这是个温文尔雅、英俊帅气的男青年。凡是和他交谈过的村民都认为这人非等闲之辈,一定是个"有档次"的人。

但是有一天,不知道发生了什么,只见他左摇右晃地走着,那样子好像随时会摔倒,有一个男同伴架着他,两人步履蹒跚地走进路边一家卖春木瓜的店。如果此时有人细心观察,就会发现这俩人的眼睛东瞄瞄西瞅瞅。他嘴角一直挂着笑,那笑容比以往的笑都更灿烂,像是遇到了什么特别幸福开心的事。但令人奇怪的是,他会对着一切事物笑,不论是老人、孕妇、天空、太阳、花草、树木……甚至一只狗跟在他屁股后面一个劲地叫,他也只是一笑报之。这么反常的举动,不用猜也知道,他喝醉了,但是不知道是什么原因让他这样酩酊大醉。架着他的那个男子也醉了,但意识还算清醒,看样子比他好得多。

两人在小店前专门给客人留的长条凳上坐下,店主是个十六七岁的小姑娘,天生的一张俏脸上,丝毫看不出一点用过化妆品的痕迹。

"妹妹……姑娘……给我……来一份……一份多少钱?味道……看起来……不错嘛……春木瓜……我们村

的……嘿嘿嘿……"

他语无伦次地对店主说着,语速忽快忽慢,声音大得炸耳朵。即便这样,店主的脸上仍带着迷人的微笑,用温柔的语气回答着客人的问话:"大哥,不贵的,你要春多少钱的都可以,200基普也可以,100基普也可以,味道嘛,只能说是按照乡下人的做法做的,和万象那种大城市的口味是比不了的。"

"喏!怎么样?兄弟,会说话吧?这乡下小妹够伶牙俐齿的吧?这个时代她们只会花言巧语地说'妹妹会一直等着哥哥',再也不是以前那种'朴素的乡村姑娘'的时代咯。"他的朋友说这话时,一只手还一直搂着他的肩膀不放。他还是呆呆地坐着那儿,眼神迷离地看着店主那张明媚的脸。他的朋友又补充道:"怎么说?赶快告诉人家要春多少钱的?不要只是张着个嘴傻愣在这儿。"

他没按着朋友说的做,继续语无伦次地说道:"真的……吗?妹妹……会在乡下……一直等?……真的吗?"

"当然会,每时每刻都等着,也不知什么时候才来把我娶走,城里来的年轻哥哥呀,嘻嘻嘻!"店主一边走一边说,留下了一串银铃般的笑声。

"太会说话了,伙计!……还真是那么回事。哈哈哈哈……"

木瓜丝切得又细又薄,他点了满满一大份,春好后姑娘用勺子盛到盘子里，拿去放到两个男子的面前。他朋友津津有味地吃了起来，他则是象征性地随便尝了尝，然后就留给他的朋友了。酒精使他没什么食欲，只想说话，喝多了的人都会嘟啵嘟啵地说个不停。

"呃……仔细看看，好像是要比万象的玫瑰美啊，伙计，这里的野花，你说呢？……唉！怎么会……悄悄长在了这种地方……呵……想连根撬走拿去城里，种到我妈妈的花园里……"他结结巴巴的，就像是一位正在回味着某部作品的作家，但是还没等他咂摸够，他的朋友就站起来，一把把他拉了起来，打断了他的呓语。

"走！站起来，吃也吃了，酒也醒了，走，睡觉去，再在这里胡咧咧，一会儿姑娘要因为你关门了。"

"没关系的，哥哥，我喜欢贫嘴的人。"店主说道。

"那样啊！……听见了吗？她说她喜欢贫嘴的人，我就嘴贫……对吧？也就是说她喜欢我……呵呵！……"

"哦哟！你可别再自以为是了，快给钱，给完快走吧！"

"喂！你要急着死哪儿去？信不信我踢你？"他抬起腿来作势欲踢，他朋友急忙逃到路中间去等他。

他从裤包里掏出钱夹，打开数了数春木瓜的钱，此时他意识不清，眼神迷离，陷入了半清醒半迷糊的状态。一会儿他又合上了钱包，递给店主，命令似的说道："还剩300基普，正好够春木瓜的钱，呃……连钱包一起给你了,懒得拿空钱包回去了,还那么重,钱包也湿了,来的路上被村南头的姑娘给泼湿了……呐,送你了……拿着……算送你的新年礼物,嘿嘿!"

姑娘伸手接过钱包并说了声"谢谢哥哥",随手就把那个湿湿的小钱包放在了桌子上,根本没理会里面的钱,而是收拾好了盘子、勺子、臼和杵拿去洗,至于他,则被朋友架走了,俩人一摇一晃地朝着一里以外的临时住所走去。

第二天早上……

他,那个英俊帅气的年轻人,不知道又发生了什么事情,只见他步履匆匆,面色凝重,朝着昨天的春木瓜店走去。

幸亏他来得比较早,正好遇到了在后院菜地里浇水的女孩。

他直接走到地里去找她,叽叽咕咕地小声说着什么,好像不想让别人听到。姑娘暗暗笑着,走上楼去,不一会儿,她手里握着一样东西走了下来——是昨天那个醉酒帅哥的湿钱包。

钱包从姑娘手里回到了它主人的手里,他立马打开钱包,查看了下包里的东西,像是怕自己看漏了一样,他又把那些东西全部拿了出来,是十几张三四寸大小的纸!他看了又看,脸上泛起了幸福的微笑,然后转过脸来心满意足地看着姑娘。他把东西塞回钱包时留下了其中的一张,递给了店主,同时说了几句。但店主摇头拒绝了，只是笑着，看上去心情很好。随后，他又行色匆匆地从菜园走出来，挥手和女孩告别，脸上依旧是招牌式的微笑。女孩清脆的声音从身后传来："慢走，阿蓬哥！……以后……要注意，下次别再喝那么醉了。"

那声音里带着一丝牵挂的意味，仔细听，就像一位相识多年的老友发自内心的关心。

"非常感谢，苏萨达！感谢你美好而真诚的祝福，我将永志不忘。"

他的身影才消失没几分钟，木瓜店店主的邻居占希就冒了出来。"刚刚来的那男的就是昨天给你钱包的那个人吗？他该不会是来把东西要回去的吧？"占希边问边瞪大了眼睛。

"是的，就是他！他叫阿蓬，和我们昨天在身份证上看到的名字一样。和我俩争论的一样，我说等他酒醒之后，就会来把东西要回去。果然就来了，看见没？"苏萨达边说边得意地笑着，因为她猜对了今天会发生的事。

"哎——那——那你不会真的把钱包里的东西都还给他了吧？"说这话的时候，占希的眼睛瞪得更大了。

苏萨达满不在乎地继续笑着说："是啊！都还给他了，包括护照、身份证和那十几张外币，你不是都偷看到啦，你看他拿回东西的时候有多高兴，他最担心的是护照和身份证。他是个路桥工程师，刚从国外毕业回来，两三个月前刚刚被安排了工作。这次是想在去外省勘测桥梁前,和朋友一起来我们村玩玩,就当是来休闲放松下。他今早要回万象了,在收拾行李的时候发现护照和身份证不见了,便慌了,猛然想起来我店里吃过春木瓜,就赶忙过来问问,拿了东西就火急火燎地回去了,正如你看到的那样。"

"然后——那个钱呢?"占希非常好奇地问。

"哦,那个钱嘛,他说是回国前,一位外国专家朋友拿给他的,拜托他在老挝买点纪念品带回去。你知道吗,当他看到那十几张钱一张都没少的时候高兴得不得了。他要拿一张给我,跟我说去任何一家银行都可以兑换,还说能换一万多基普呢。但我没要,一份春木瓜才300基普而已,那钱我昨天已经收过了。即便这样他还是硬要给我一张,我只好说这里没人用这样的钱,银行也离得很远,也没谁去换过这样的钱。最后他只能把钱塞了回去,还说'那以后我给你寄礼物来'。"

听到这儿,占希大声叫着:"哎呀!要死了!要死了!阿达啊,你被城里人骗了!到嘴的鸭子都让它给飞了,你这样什么时候才能像别人一样发财啊?你知道吗,那小小的十张纸币,如果拿去换基普,就是一二十万呐!整整十万呐,你以为很容易挣到吗?像我们这样东奔西跑的,从这里拿东西到万象卖,再从万象拿东西来这里卖,一年到头都赚不到十万,你这样吭哧吭哧春木瓜,再过十年,哪怕再过四辈子,你也赚不到几十万的钱。达啊,昨晚就告诉你,我马上去找地方给你换钱你还不听……天呀！你怎么会这么蠢，太蠢了！换作是我，就算落个头破血流的结果也不会把那些钱还回去的，我就装作一副只看到护照和身份证，其他什么都没看见的样子，那件事就过去了，谁会来找我的茬儿呢？是他自己给我的，我没有偷谁的东西。哦哟！真是替你感到不值。"

等邻居占希说够了，苏萨达才说道："我不能那样做，占希，那钱他不是自愿给我的，他给我是因为喝醉了，我收了非他人自愿给的东西，那和偷有什么区别。"

"呃！你真是太善良了，他那么有诚意地要给你一张，你也不收……"

占希还没有说完，苏萨达急忙打断："确实！但他说那钱不是他的，是外国朋友请他买老挝纪念品的钱。"

"哦，是哦——你脑子太简单啦！也是，阿达，一直生活在农村，没去过大城市的人就是这样了。你知道城里的人有多狡猾吗？你不要那么轻易就相信他，你也不要奢望之后会收到他所谓的礼物，我敢说鬼影子你都见不着。"

占希作为一个经常往返于都市的人，知道这事以后真是恨得牙痒痒，只能发出"呵"的一声，她厌恶地撇着嘴，接着长篇大论道："城里人有什么好？不管哪个年代都那样，谎话连篇，坑蒙拐骗，看到我们这样傻里傻气的乡下人就认为像猪一样蠢，想骗就骗，想哄就哄。玩弄起女孩子来更是不在话下，一丁点儿真心都没有，我们这种乡下女孩对他们来说就像是一块蛋糕,想吃就吃,吃腻了想甩就甩。唉!城里人啊!农村人也是人啊,又不是牲畜!告诉他,一定要告诉他!达,下次再看见他的时候,告诉他农村人也是有感情的,不论是身体还是其他方面都在不断进步,不是他们随便可以糊弄的玩偶。"

苏萨达什么也没说,只是听着,她没有笑也没有接占希的话,她内心感到十分困惑。占希看她没有反驳自己,就准备离开,临走前还不忘提醒她的邻居:"你一心想要去讨好城里人,阿达,早晚有你哭的时候,你不要指望对城里人好就会有好结果或好名声,我相信除了失望和伤心,其他的你什么也得不到,不信走着瞧!"

"占希,谢谢你和我说了这么多真心话,但是对于我把东西还给他那件事,我从来没有想过要得到什么回报,我之所以那么做,仅仅是因为我觉得那是好事,是对的事,仅此而已。"

苏萨达说完又拿起水瓢去舀水,继续浇菜。占希,这个对城里男孩失望透顶的女孩,撩起筒裙,拔腿离开了菜园,朝着自己家走去。

路边春木瓜店漂亮店主苏萨达归还"贵重物品"的消息不胫而走,传得众人皆知,村子里每家每户都对这个事情议论纷纷:"我怀疑这俩人之前就认识,阿达姑娘才会把东西还回去。邻居说看见他们相互告别,所以肯定是认识的。那个家伙能准确地叫出苏萨达的名字,苏萨达也能准确地叫出他的真名。"

"不是的，村子里就没人认识那个家伙。这事发生在谁身上，要是说相互不知道名字就太说不过去了，好比你的东西丢了，有陌生人来还，你难道不问对方是谁、叫什么，你难道也不告诉对方你叫什么名字，在哪儿做什么工作？我觉得发生这样的事，两个人或多或少都会了解一些对方情况的。"

也有一些人的想法和占希一样："达这个小姑娘太傻了！送上门的钱都不要。"一位老太太指责道。

"告诉你的女儿，和城里人在一起玩要小心哦，怎么说，我们东朋排村的姑娘可比不得城里的姑娘，搞不好要被唾沫星子淹死的。提着筒裙追在男孩屁股后面跑，等到大腹便便的时候又哭着回来找妈妈，那多丢人。到时候偷鸡不成蚀把米，那可不行！"苏萨达爸爸的一个好朋友说道。

"等着看吧，要不了多久达就会哭哭啼啼的，和那个错爱上城市仔的占希一样。"村里一个半大小子分析着达的情况。

伴随着"不值得如此善良"这类风凉话，也有一些完全不同的观点。

"我朋友的女儿，就是那个把东西送还回去的姑娘，她这件事做得对，别人的东西就该还回去。人家真心给就拿着，不给也不能偷，即使没人看到也是偷，如果真是那样做就是罪过，谁做好事或是做坏事，佛祖是会知道的。"经常去寺庙听僧人布道的老奶奶说。

"我女儿做得对,她没有偷过任何人的东西,谁要诋毁我的女儿就随他去吧,我们行得端坐得正,我甚至为她的行为感到自豪。"苏萨达的妈妈说。

"我闺女才不像村中那些屁大孩子说的那样,被那个男孩迷住了,她对所有来找她玩、找她聊天、找她买木瓜的人都一视同仁,不论是城里人还是咱们村里人,或是外村人。把东西落在店里的事情时有发生,也没见她要过任何东西,她只是把东西收起来,等人回来找,如果是她认识的人,就直接送到人家家里,不同的是这次涉及的金额是数万甚至十几万,所以事情才闹那么大,就有人嘲讽我闺女。"做父亲的严厉指责着村里那些给自己女儿泼脏水的人。

"苏萨达并非是个只知道舂木瓜,没有文化的人,她初三毕业,多次被学校评为优秀学生,遗憾的是因为家境贫穷,她爸妈无法供她再学点专业,她才选择退学来帮父母做事,一个初三毕业的好学生,难道还分不清是非对错吗?我们认为苏萨达把东西归还给他,是在做正确的事。"苏萨达的好几个同学给出了自己的见解。

这里面想法最特别的当属村统战部的部长,这位大叔年轻时曾追随"伊沙拉"自由阵线,当过几十年的兵。一天晚上,在一场集会中他说了一段长长的且耐人寻味的话:"我们这个村,严格来说不能算真正意义上的穷乡僻壤,因为村子就建在公路边,每天来来往往的车辆络绎不绝，村里的房子盖得漂亮且坚固。如果和我在外省见过的很多村庄、很多城市相比，我们村抵得上个小县城了！但是如果和首都万象或琅勃拉邦县、沙湾拿吉县来比的话，那它的确只能算是个山村。"

统战部部长停了停，深深地抽了口手里的卷烟，烟雾缓缓地从他鼻孔里飘了出来，特别惬意的样子。他接着说道："所谓的农村和城市，也就是我们常说的乡下和城里确实有差别，但是大同小异，不管城里人还是乡下人都有耳朵，有眼睛，有嘴巴，有肚子，一样地会吃会听，会开心，会难过。最重要的是讲良心，讲良心的人在哪儿都会好，到哪儿都招人喜欢；如果良心不好，是个背信弃义、吝啬小气、偷鸡摸狗、卑鄙无耻……一句话，坏事做绝的人，不管是在城里还是在乡下，都是坏人。如果是坏人，走哪儿都不受待见。但我听到有些人总说城里人这样不好那样不好，瞧不起乡下人，说我们'又傻又土，什么都不会'，这种情况的确有，我不否认，但我们看问题的时候要擦亮眼睛，才能做出正确的评价呀，乡亲们！"

大叔停下歇了口气后继续说："现在，我们已经没有高低贵贱之分，不会瞧不起一个乡下人，也不会对一个城里人另眼相看。不管是谁，不管在哪儿，农村也好，城市也罢，做得好就值得表扬，做得不好就要批评，还要帮助对方好好改造，慢慢地让大家齐头并进。乡亲们也看到了，以前我们村，电也不通，用不上干净的水，铁皮瓦顶的房子也不多见。现在怎么样？应有尽有，每家每户都有录音机听，有电视看。去过万象的人应该清楚，那里有的房子还不如我们呢，所以我才说，城市、农村不重要，重要的是我们的良心，良心才是决定性的因素。"

每个人都专心地听着大叔说话，村民们都觉得大叔说得很有道理。大叔又深深地吸了口烟，把烟灰弹到烟缸里后接着说："有人说，城里的小伙把乡下姑娘骗到城里，搞大了肚子后又甩掉，那都是因为那小子没良心，对人不真诚，才会那样做。跟着去了后就像对待猪狗一样随意辱骂、拳打脚踢，那根本不是人能做出来的事。他们还大言不惭地说'我又不喜欢你，是你跟在我屁股后面来的'。哎哟喂！真是可笑，那是疯了吗？如果不喜欢，干吗还在这儿花言巧语？真要追问起来，对方肯定会哑口无言。但是那种情况毕竟是少数，以偏概全地说城里人没一个好的，都是骗子也是不对的。依我看，城里人好的确实是非常好的，资助我们的孩子去上学，就是一个不平凡的举动。当这些小孩生病的时候，他们就像对待自己的孩子一样悉心照顾，谁不相信可以问一问村里的孩儿们，那些到大城市里读书的孩子，如果没有城里人的资助，恐怕早就辍学回家了。再者说，我们这些农村人都是十全十美之人吗？家家都好得不得了？每个人的心灵都是纯洁无瑕的？我觉得不尽然，人无完人，自我懂事以来，我还没见过哪个村敢说自己事事完美。"

统战部的大叔还说了一大堆问题，绕了一圈后他又绕回来，说起了最近大家议论纷纷的事。

"就拿苏萨达的事来说，咱们村的闺女物归原主这事，也和良心有关，如果她内心不诚实，一开始就见财起意，把东西藏起来，村里也不会有人知道那个包里有钱。哎！如果起了歹念，我们的嘴巴就会颠倒是非地说：'不知道啊，不知道你在说什么，你把钱包递给我时说包里只有300基普，我就只看见300基普，其他的就不知道了。'如果这么说，对方也无话可说，看你能拿出什么证据反驳我呢？"

他一边说，一边反问大家，但没有故意针对谁，最后大叔总结道："所以我才会说，阿达爸的女儿心地善良，是个诚实守信、以诚待人的人，不管对方是谁，即使是远道而来的客人。别人怎么说我不管，于我而言，她是一个真正有道德的人，我希望我们村子里的人，特别是男女青年，都能够做得像苏萨达一样好。"

两三个月过去了，关于苏萨达的流言蜚语也慢慢消失了，没有人再关注那个钱包事件了。

但是进入第四个月，村里人又开始窃窃私语起来，有意思的是，这个消息还是关于路边春木瓜店店主苏萨达的，但是这次不是关于钱包的事了。

"阿达收到了城里寄来的礼物，是谁送给她的呀？有好几件非常漂亮的衣服和筒裙，以及数米长的新布料。"附近的人都在传。

过了三个月，又传出了关于苏萨达的新消息。

"达爸的女儿又收到谁的信件和礼物了，是从城里寄来的，我怀疑是苏萨达还钱包的那个小子寄来的，不知道是不是真的？"

六个月过去了，又有了新消息。

"最近看见路桥部门的车在进出我们村时，经常停在苏萨达家门口，有人看见这些人当中，有去年五月份来我们村游玩时把钱包落在春木瓜店的那个家伙。"

"我偷听到达妈和她家的一个亲戚说路桥系统的人来她家提亲呢。"

一年过去了，然后两年、三年……

收到城里寄礼物来的消息，路桥系统的人来拜访的消息，一直不绝于耳，最后，最激动人心，也是全村人最期盼的消息来到了，那就是：

"达爸的女儿，春木瓜店漂亮的店主，苏萨达，将要和那个城里来的路桥专家，就是那位英俊帅气的、喝醉了酒把钱包忘在店里的小伙子结婚啦，就在即将到来的 12 月。"

得知这个消息的时候，大家都替苏萨达一家高兴。

"真为你感到高兴啊，马上要有一个来自大都市，高大帅气的女婿了。"达爸的朋友纷纷表示祝贺。

就连曾经骂苏萨达傻的那些人也纷纷调转态度改为称赞。

"哦！你真是时来运转啊，阿达，要做城里人的媳妇了，做梦都没想到你之前的善举会带来这般的福报，我很高兴在城里也有个好朋友了！"苏萨达的邻居占希，在得知消息的当天就和苏萨达这样说。

后来，消息传得沸沸扬扬，大家都开玩笑地说："阿达因为一个湿钱包而得到了一个好丈夫！"

嗯，真是幸运！

这种运气，总是会降临在诚实淳朴的人身上。

这种幸运，会在不知不觉中找上我们，伴随着真诚而来！

慈母之心

◎苏莎婉·盆台瓦

萨里嘎这样推着推车走街串巷卖东西已经有好几个小时了,隔上一会儿,她就咽一下口水润润嗓子。她想从包里掏点钱出来买杯凉茶喝,但又担心会亏本,因为这一整车横七竖八的货物还没卖出去。从一大早到现在烈日当空,她一直在沿街叫卖,整个人已经精疲力尽,她的脚步逐渐慢了下来,双脚已经不听使唤了。

萨里嘎强撑着瘦弱的身体,推着车来到一棵榄仁树下,感觉疲惫极了。她决定把车停下,坐下来靠着榄仁树休息休息。她慢慢地合上了双眼,就这样悄无声息地睡着了,那样子就好像已经熟睡了好几个小时的人。

"哎哟,萨里嘎,你怎么回事呀?怎么变得又干又瘦?你是在减肥吗?"萨里嘎还没来得及回答,对方继续追问道,"你和我说清楚,你来这里干吗,萨里嘎!?"

"来等孩子他爸,他跑到国外一年多了,今天才回来。"

"你可真有福气啊,他现在一回来,你们家就有主心骨咯。"那人边笑边用手抓住萨里嘎的双肩,轻轻地摇晃着,同时说,"男主人要回来了也不说一声,可真有你的。"说完之后两人一起开心地笑了起来。

"飞机来了!飞机来了!"机场的接机处传来了大人和小孩欢快的叫喊声。

萨里嘎边跑过去搂起小儿子,边拉着10岁女儿的胳膊说道:"走!走!去接爸爸!爸爸回来了!那儿呢,爸爸的飞机在那儿呢,看见了吗?"3岁半的儿子恩诺和女儿一边咯咯地笑一边拍手鼓掌,马上就要见到爸爸了,萨里嘎也激动得身体开始微微发颤。

"待会儿等爸爸下了飞机,你们就去给爸爸献花哦。"萨里嘎叮嘱孩子。乘客开始从喷气式飞机的机舱里涌出来,一波又一波,但是母子三人始终没发现他们要等的那个人的身影。

恩诺的小嘴一瘪一瘪的,快要哭了一样,声音颤抖地说:"我爸爸没回来,妈妈!"

话音未落,姐姐兴奋地叫了起来:"那儿呢,阿爸出来了,那儿呢!那儿呢!看见没?他跟在一个姐姐的身后下来了,那儿呢!喏……"

萨里嘎看到自己日思夜想的丈夫终于安全地回到了自己和孩子身边,脸上露出了幸福的笑容。但随即脸上的笑容就消失了,脸色阴沉了下来。因为她看见一个身材高挑、皮肤白皙的女人,扭过脸去意味深长地对丈夫笑了笑,然后从丈夫那儿拿过一把伞撑开来,像夫妻一样与他并肩而行。

"可能是一起去学习的女同学吧。"萨里嘎脑子里冒出了这样的想法,她努力平复着自己的情绪,不管怎样,她还是信任自己的丈夫的。

"去吧,孩子们,去给爸爸献花。"萨里嘎这样告诉两个孩子,自己却莫名其妙地躲闪到机场大厅的柱子后面。这时她看到天真的姐弟俩拿着鲜花向自己的爸爸跑去,但是任凭孩子们怎么做,都被他拒绝了,他绕过他们,大步地往前走,脸上一副漠然的表情,就像从来没见过眼前的这两个孩子一样。

"爸爸!给你花。爸爸还好吗?爸爸没看见我吗?爸爸?"姐弟俩抱着鲜花跟在爸爸屁股后面追,样子焦急而诧异,但是每次追上前,爸爸的态度还是那样,他边加快脚步边用身体挡住孩子,生怕身旁的女子看到。

不一会儿,相继传来两个孩子撕心裂肺的哭声,像是失去了生命中最重要的东西一样。那悲惨的场面让萨里嘎不忍再看下去,她急忙躲进机场卫生间,伤心地抽泣起来,身体不停地抽搐,她努力克制着悲痛,擦干眼泪,跑了出去,两个可怜的孩子手里还拿着鲜花站在那里哭。她一把抱过孩子来安慰道:"别哭了,孩子们!不哭了,不哭了,那个男的不是你们的爸爸,他只是长得有点像你们的爸爸而已,爸爸今天还没到,走吧孩子们，我们回家……"

萨里嘎愤懑地把小儿子抱起来架在自己的腰上，一手牵着女儿走出了航站楼。这时，正好瞥见丈夫和那女的坐上了一辆出租车，绝尘而去。萨里嘎再也忍不住了，她啜泣起来，眼泪扑簌簌地往下流。

"妈妈！妈妈！你怎么了？你怎么了？"是大女儿的声音，那声音震得满屋子响，她扶着妈妈的身子坐起来，正在外屋工作和学习的三个孩子担心地冲进屋来看发生了什么事。

"怎么了，妈你怎么了？你怎么了，缓过来了吗？"孩子们异口同声地问道。萨里嘎猛然回过神来，才发现自己只是做了个梦。

"妈做了个噩梦，孩子们！"萨里嘎声音颤抖地说着。

"妈妈梦见什么了？感觉是很可怕的事。"孩子们又问。萨里嘎摇了两三下头，表示她没有梦见什么可怕的东西。

"没事的，孩子们，妈妈就是做了个噩梦，你们把我叫醒就好了，你们出去接着干活、学习吧，妈妈想再睡一会儿。"萨里嘎说完，倒头想继续睡，但却辗转反侧，难以入眠。刚刚噩梦里的场景在她眼前不断闪现，无法驱散，这是她15年前真实经历过的一场噩梦。

1980年5月12日，是萨里嘎丈夫从国外回来的日子，也是他和另一个女人姘居的开始。她不知道自己的委屈该向谁倾诉,也不知道该怎么挽回自己的丈夫,因为不知道和丈夫在一起的那个女人到底住在哪里。这样过了三四年,她知道丈夫彻底不会再管自己和孩子们了。从那时起,萨里嘎一家的生活就陷入了困顿。她独自肩负起了养育四个儿女的重担。

刚开始,萨里嘎在家门口烤芭蕉卖,每天挣的钱刚够买上斤把米给孩子们做饭吃。母子五人的生活举步维艰,日子过得捉襟见肘,孩子们上学也没有书本和笔。有时候萨里嘎就在村子里找点野苋菜煮给孩子们吃,从早到晚都只能拿野苋菜当饭吃。如果哪天一分钱也没赚到,家里又没米、没菜,也找不到竹笋,她就带着孩子们喝自来水,然后一整晚俯卧在床上,压着瘪瘪的肚子,强忍着饥饿。

到雨季的时候,萨里嘎就去当雇农,帮村民们种地,挣的钱全都用来给四个孩子添置衣服和学习用具。可是当雇农也不是长久之计,即便周六、周日她带着孩子一起去干活赚钱,也依然摆脱不了入不敷出的困境。

最后,萨里嘎拿自己的性命作抵押,找村里的有钱人家借了一笔钱。她先是买了一辆手推车,剩下的钱买了些蔬菜和鱼蟹,放在推车上推到城里的大街小巷去卖。这个方法让家里的日子渐渐有了起色,每个孩子都能去上学,每天剩下的钱攒起来买些芭蕉,孩子们放学后就在自家门口烤芭蕉卖,另外再卖点煮花生和冰棒。

一晃十多年,萨里嘎和四个孩子风雨飘摇的日子总算过去了。现在,大女儿已经大学毕业,在万象的一家私人银行工作,二女儿和大儿子在国内的高等教育学院上学,最小的儿子还在上高中,所有这些让萨里嘎心里感到无比的幸福。

第二天早晨,因为前一晚没睡好,萨里嘎感觉头昏昏沉沉,身体疲惫不堪。但是因为长期形成的习惯和对孩子们的担心,她还是决定照常推车出去卖东西。

"妈妈!今天就不要去卖东西了吧,你看起来很累很疲倦。"大女儿派琳恳求着,想让妈妈在家休息。

"派琳啊!要不是靠着推车卖东西,你们能长这么大吗?我怎么停得下来呢。孩子啊,你弟弟还没长大呢。"萨里嘎用平静的口吻对大女儿派琳说着,此时如果不仔细看,是无法看出萨里嘎脸上那一抹淡淡的忧伤的。她时不时会用右手捂在胸口的位置,就像害怕心脏会突然蹦出来一样。

"就算妈妈不再推车去卖货,我们也饿不死的。妈,我这两三天就要发工资了,那些钱足够养活我们一家五口了。"

这时,已经45岁的萨里嘎转过脸来,十分疼爱地望着大女儿,她一句话也没说,但是满脸满眼都洋溢着幸福的微笑和对生活的希望。

"妈妈今天还要去卖东西吗?你看起来很累,怎么不在家好好休息呢?妈妈不去卖东西也不要紧的,我们两个上大学是有生活补贴的。"另一个正要出门去上学的女儿也疼惜地对母亲说。

"你就答应了吧，妈妈，不要再出去卖东西了，每天放学后，我会做豆浆卖，帮妈妈赚钱的。"小儿子也走过来，表达了和哥哥姐姐们一样的想法。

萨里嘎一把将孩子们搂到胸前说道："谢谢孩子们担心妈妈的健康，但妈妈绝不是一个会在半路上就置孩子于不顾的母亲，以前不是，以后也不是。"

折价

◎ 比迪·提瓦松

离阿婆住院已经过了一个晚上，今天阿公独自守在家里。说是家，其实就是建在田地中央，挨着米仓的一个茅草棚，孤零零地杵在那儿。不远处有两棵树，一棵芒果树，一棵环纹榕，树叶终年茂盛，算是给茅屋带来了一丝清凉。阿公身有残疾，只剩下一条腿。通常他喜欢坐在茅棚里织渔网，但今天却不似往常。响午的日头正使出浑身解数，不断地往外释放着热量。阿公的视线穿过田野，一直延伸到村子那头，刺眼的阳光让他无法看清远处，他抬起双手遮住额头，向远处张望，似乎在等着某人的到来，但看到的只有阳光下一个个明晃晃的屋顶。

阿公钻回茅屋，他听见鸡在啄米的声音，便嚯嚯地往外赶，"你这个不要脸的东西，居然来屋子里找吃的。"他嘴里骂骂咧咧地抱怨道。不一会儿，一名年轻男子骑着自行车，顺着田埂朝阿公的茅草棚骑了过来，刚一停下，他就气喘吁吁地和阿公说："阿婆要被送去省城的医院，村里这边不能做手术。"

"做什么手术？巴腊。"阿公奇怪地问。

"要切开阿婆的肚子，说是让你准备好钱，收拾好东西，村医院的车会送你们过去，但是油费得自己出。"

"这可怎么办才好？钱是没有的，难道要我把砍伐许可证给卖了不成？"

年轻男子对阿公的话不置可否。过了半天，阿公进屋去翻出来一个旧旧的黑匣子，恋恋不舍地从里面抽出一张发黄的纸。阿公清楚地知道，现在不得已要失去它了，尽管得到它是那么地不容易。

"常过来帮我照看下屋子，喂下鸡和鸭啊，巴腊！"他叮嘱着年轻人。

"嗯，阿公不用担心。"年轻人随口便应承下老人的嘱托，因为他家就住在村子那头，一眼便能望到这里的地方。

当天下午，两位老人就坐着车，朝大城市的方向驶去，身上装着仅有的30万基普。

省城医院里有很多栋楼，有几栋的颜色像鸡枞菌，有几栋崭新的白楼，看得出来是刚刷过漆，有几栋楼里一阵一阵地往外散发着臭气，那味道就像发干发臭的藕……阿婆被安排住在一间狭仄的病房，床铺也是旧旧的。医生们在收到病人转送单并安排好病房后就没再露面，直到太阳快落山时，一名医生走了进来，他按了下墙上的黑色按钮，房间里的灯顿时亮了起来。他询问了下阿婆的情况，然后递了几片药给阿婆，并说道："医生还在忙，明天才能过来检查，您先把这药吃了。"他转头问外公："您带钱来了吗？如果做手术的话费用会很高。"

"哎哟，孩子啊！大爷我没钱啊，只能靠你们了，把我们扔出去就死定了，要杀要剐随便吧，孩子！"

"这事先放着，等明天主治医生来的时候您慢慢和他说，也许他可以帮帮忙。"听了这话阿公心里如释重负。

那天晚上，阿公一夜未眠，他在旁边悉心照顾着阿婆。好在他只折了一条腿，用单手拄着一根拐杖，另一只手可以拿东西，倒痰盂时他小心翼翼慢慢地走，看得出来他很费力。天亮了，昨天那位医生来给阿婆打了针后又走了。阿公殷切等待着主治医生，却始终没见到。

"难道是因为我们没钱吗？不会的，或许是刚好碰上了新的病人，他要去解决，医生人手不够，要是多有几个医生就好了。"阿公一直在心里猜测着各种可能的情况，然后又不断地被自己推翻。阿婆忽轻忽重的呻吟声更是搅得他心烦意乱，她甚至有时还会疼晕过去。

"其他病房都有亲戚来探望病人，我们四下望去，举目无亲，真是无依无靠啊。"阿公心里一阵凄凉。

阿公在各病房之间来回打探消息。他走出自己所在的楼，朝着那栋崭新的楼走去，楼里长长的走道一直延伸到房子尽头。有的房间门关得死死的，有的房间门大敞着，不断地有医生进进出出。阿公拖着自己的"三条腿"，在亮得能映出倒影的水泥地上走来走去。他在一间虚掩着门的病房前停下，眼前突然一亮，不敢相信自己的眼睛。他腾出右手，在未经允许的情况下把门推得更开了一些。这时他脸色大变，就像房间里有什么非同寻常的东西一样。

"占！"他忘乎所以地大叫起来。此刻房间里四五双眼睛齐刷刷地看向他一个人。被喊名字的那个人也是一脸的不可置信，回问道："你是肯吗？"

"是啊，是我。"

听完，对方就冲到门口，俩人紧紧地拥抱在一起。阿公身子晃了一下，他连忙抓住阿公的肩膀，手轻轻地颤抖着，随即扶着阿公走进房里。

"哎呀，我差点都认不出你了，该死该死，你怎么样？是在残疾人中心工作吗？"问题一个接一个，像是倾盆大雨一样倾泻而出。阿公也认认真真地一个一个问题回答着。

"我没去残疾人中心，已经退休好几年了，那时候还没有残疾人中心呢。你呢，看起来运气不错嘛。"

"哎，好好坏坏也就那样。老伙计，自从结束了那场让你受伤住院的蓝山战役之后，我就到越南学习去了，新政权成立后，我就被安排到了这个省工作，还在这儿成了家。这不，我儿子发烧了，住进来好几天了，明天出院。"

"我们家也是来住院的,我老婆肚子疼。"

"是要生了吗?肚子疼,人在哪儿呢?带我去看看。"

阿公立马回道:"都一把年纪了,还生什么孩子哟。"说完俩人咯咯地笑出了声,然后一起走出了房间。

一回到充斥着霉臭味的病房,阿公就向阿婆介绍起自己已经当了大官的老朋友。阿公说得不亦乐乎,津津有味,尘封往事被他一件件翻了出来,阿婆也听得很认真,感觉他们就像两个慷慨激昂的年轻人,聊得意犹未尽。阿公也没忘了把自己的境遇告诉朋友:"到现在我们家还没有个像样的房子呢,我申请砍点树,他们批了30立方米,想请他们再帮忙锯一下,他们却要我分给他们一些,你想想,这么一来哪儿还够盖房子呀?写申请的时候也费了老大劲,县里有40个人一起写申请,但省里只批20个人,县里那些当官的就按照省里的文件挑出了20个人,把我们这些小人物排除在外,还想当然地说是为我们着想,怕我们没钱,交不上森林维护费!被择出来的人都是些无房户,于是大家就奋起反抗,还闹到了省里。"

"都是些有房住有车坐的领导,还要这木头干什么去,莫不是要拿去倒买倒卖?我们呢,只能继续苟活着,他们嘴上说会和我们站在一起,让当官的来住住我们下雨就会淋湿头的茅屋试试,看感受如何?你说是不是!省里就叫停了这事,说要重新研究,这样我们才拿到了砍伐特许证。现在我老婆肚子疼，无钱治病，只能把这特许证卖了，你想想这要我们怎么活呀？不生病的话还能勉强维持！"

阿公的朋友边听边时不时地点头。这时，一群医生走进来对阿婆嘘寒问暖。最后面的那个人，看起来像是主治医生，他进来之后就恭敬地和阿公的朋友握了握手。过了许久，医生们进来说要带阿婆去洗浴，准备进手术室。一时间不知道发生了什么，医生们都进来帮着阿公收拾东西，要搬去新楼。阿公朋友的下属还送来了热水、新褥子和枕头，餐餐都有人来送饭。阿公发现城里的社会和乡下真是大相径庭，城里人只会关照同党，金钱只会为利益服务，根本不会搭理穷苦的人，仁慈变成了可以买卖的商品，要不是看在他这个朋友的面子上，他们早就被赶回家了。"即便死也要死在家里，总比死在医院里强。"他这样想着。阿婆进手术室那天下午，这个朋友还请医生们吃了顿饭，吃饭时饮料、饭菜、啤酒摆了满满一大桌，朋友说如果少了这些东西就不符合城里人的礼数了。

阿婆的病情日见好转，阿公朋友每天都来看望他们。他和阿公从城里人的生活、思想一直聊到他们的赚钱方式，这个朋友还提醒阿公出院时不要忘了送白包[①]。

"哪儿还有钱给这个那个塞白包，单是药费就已经

[①] 老挝人认为白色代表纯洁、干净，送礼金时常用白色信封装着。就和中国人送礼时用的红包是一个意思。——译者注

不堪重负了，这还多亏了你这个朋友帮忙。"阿公和朋友说道，"钱这个事情对我来说就像是另外一种形式的战斗，这种仗我真不会打，还不如让我拿上真刀真枪上战场呢。"

来省城医院整整一个月了，带来的钱也花了一大半，阿婆知道阿公已经是能省则省了。身边的人对她都很好，在医生如亲人般的照料下，她的病已经好得差不多了。早晨的阳光还不是那么地暖和，阿婆坐在医护楼对面的花丛旁晒太阳。她看着来来往往的女护士，眼神幽怨地想着："要是我有个女儿就好了。"然后她开始担忧起自家在田地中央的那个茅草棚，还有那个谷仓。她想赶快回家，和阿公说："回家吧，老头子！我想家里的那些鸡鸭了，还有我的猪。"阿公回答说："医生还不让回……"阿婆低下头，无聊地用脚扒拉着那丛花根上的土，她看到一个东西在土里钻来钻去，潮湿的泥土被拱了起来，像是一条蜿蜒的路，她截断了土里那东西的去路，发现是一只顽皮的蝼蛄，从地里冒出头来看了看她，又钻回土里。"它是在找吃的吧。"阿婆这样想。

到了出院那天，一名医生递给阿公一沓资料，里面有出院证明和最后一次体检报告，最后面还附上了费用清单，虽然他无法读懂上面的每一个字，但是看懂数字是没问题的，数字显示阿公还要缴纳 225300 基普的费用。他无法相信还要交这么多，心一横，决定去找医院院长。他拖着"三条腿"，吱嘎吱嘎、一瘸一拐地朝着那栋门头上挂着红色十字的矮楼走去,两根拐杖撞击着地面,发出均匀的有节奏的声音。一进屋,他就问房间里那个抹着红嘴唇的女孩院长在不在。

"院长不在。"那个女孩回答道。

"我有重要的事要和他谈。"

"呃,请您先坐一下。"那个女孩踩着高跟鞋"噔噔噔"地走了,不一会儿回来说,"请您去找副院长吧。"

阿公在另外一个房间,找到了副院长。副院长头都没抬,一直盯着眼前的纸。

"请坐!"他用"请坐"两个字代替了打招呼。阿公像是个犯人一样小心翼翼地坐下。

"我是来交医药费的,我们准备出院了。"

"为什么你不直接交给那栋楼里的人呢?"

阿公沉默了一会儿回复道:"我现在的问题是,账单上写着要交20多万,但我只拿得出10万。"

"只有10万!"他面带嘲笑地重复了一遍阿公说的数字,把差点喷出来的笑声咽回到嗓子里,"10万不行的,大爷!这还只是药费、输血费、材料费和床位费而已,如果再算上医生的加班费、医院的水电费,费用比告诉你的还要多得多。"

"我请求只交医药费可以吗?孩子。"

"不可以,这是医院的规定!"他头摇得像拨浪鼓一样拒绝道。

这位年迈的残疾老人那干瘪的脸上顿时红一阵,黑一阵，身体抽搐着，眼中泛起了以前当兵时才有的坚定神态。

"求求你，我只剩这把老骨头了，不行你就把我另外这条腿也砍了去吧，我心甘情愿。"

"你可别那么说，我还是那句话，不行就是不行！"副院长咆哮着，发泄着心里对阿公的嫌恶。

阿公命令自己要快刀斩乱麻，他把账单放在桌上，从身上掏出一捆厚厚的钱，整理好了放在账单上，又掏出了1万压在上面，一共11万，他慢慢起身，用两根拐杖支撑着瘦弱的身躯，不卑不亢地告诉副院长："我只有这一半，缺的另一半已经折了！"他指着自己残缺的腿，心里想说"还没能成为长官之前，它就折了"。

清澈的泪水从这个残疾老人眼里夺眶而出。说完他背对副院长，随着拐杖杵地发出的节奏声，沉着坚毅地走了出去。他微微眯缝着双眼，以躲避刺眼的阳光。他自顾自地向前走着，把黑黑的影子甩在了身后的地上。

湖边的清莲

◎旁佩·布帕占

彭薇莱，是一家路边小店的店主，只有在农闲的时候，尤其是忙完了地里的播种或收割这些活计之后，她才会开门营业。彭薇莱的店除了卖些常见的日用品和食品，像辣椒、味精、盐、鱼露以外，店里最畅销的要数脆猪皮、花生和咸牛皮，因为一些酒客和路过的人常常买去当下酒菜。她店里售卖的酒主要是白酒和啤酒，她把开店赚的钱都积攒下来，留着开学时给弟弟妹妹买衣服、书本和纸笔。

今天也和往常一样，彭薇莱正忙着招呼进进出出的顾客，忙得晕头转向，都分不清谁是谁了，大部分的顾客都是同村村民，而村里也没有市场，只有一条公路从村里穿过。这时，一辆白色的皮卡车驶来停在店前，车门一开，下来了两个男子，一看就是富家公子，其中一个男子戴着墨镜，手里提着个褐色的包，另一个也戴着墨镜,穿着一身灰色衣服,一只手里还拿着一部手机,两人径直朝彭薇莱的店走来。

"你们好,二位哥哥请先喝点水再赶路。"

"你好,妹妹店里有威士忌、苏打水和冰块卖吗?"彭薇莱一时语塞,不知该如何作答。

另一个男的说道:"不可能有啊,老板,这穷乡僻壤的小店,上哪儿去弄这些东西,重要的是老板你对这小姑娘满不满意。"

"哈哈哈……"两个男人一起坏笑了起来。

"二位请先坐一下。"说完女孩麻利地把桌椅归置整齐,然后礼貌地问道:"我店里只有啤酒和白酒,两位哥哥想喝点什么?"

"啤酒吧!但我觉得喝啤酒不加冰,那味道就像水煮皱波青牛胆一样苦,对吧?妹妹。"两人不约而同地又笑起来。

姑娘被他俩这样一弄,变得无所适从,不知道该怎么做才能让两个男人满意。她问道:"哥哥们只要啤酒吗,下酒菜呢,要点啥?"

"都有些什么下酒菜?"

"有脆猪皮、咸牛皮和花生。"

"老板,就这下酒菜,配啤酒怕是咽不下去吧?"手里拿着褐色皮包的男子转过脸,在他叫老板的那个人耳边窃窃私语。

"什么咽不咽得下,你想干吗?那就喝啤酒吧,下酒菜就等到了万象再去吃，屁大点事，哈哈哈……"两人又笑了起来。

女孩只好退到远远的地方站着，而后又不甘心地对两位客人说："这些小菜都是我亲手做的，哥哥们可以尝尝看，没准比大城市餐馆里的味道还要好也不一定。"

"是吗？妹妹说的是真的吗？那么所有小菜都来一份吧，不过最重要的下酒菜就是——就是妹妹你啦，怎么样？哈哈哈哈……"

"哥哥所说的最重要的小菜是很贵的。"

那个叫老板的男人从头到脚打量了一番彭薇莱，咽了咽口水。彭薇莱，一个农家女孩，脸上不着脂粉，浑身上下有一种天然去雕饰的美。只有17岁的她，双颊饱满，脸色红润，笑起来样子很美，黑黑的眸子炯炯有神……那男人想，如果能够亲一亲这朵如湖边莲花般的姑娘，别说是一万，就是十万他也愿意。他急不可耐地回道："贵到什么程度呢？妹妹，一万？十万？还是多少。妹妹尽管开口，谈好了就跟着我一起上车，为你花钱我很乐意。"

"哥哥先别急，这事先放一边。你们先喝酒吧。"

两个男人满心欢喜地喝着啤酒，他们相信今天一定会不虚此行。几杯酒下肚就开始吹嘘起自己如何如何有钱，那个叫老板的说自己经营着很多项目，还是家很有名的公司的老板。说完就掏出一张英文名片递给彭薇莱，并说道："这是我的名片，如果需要帮助或是要找工作就去找我，或者打电话也行。"

彭薇莱接过名片，拿在手里，然后接着和客人聊天。

"妹妹，不喝点啤酒吗？"

"不喝，我从来没喝过。"彭薇莱摇头拒绝。

"没喝过可以学着喝，来，喝一点，陪哥哥们喝几杯。"

"谢谢，谢谢哥哥的美意，我真的不会喝。"

"只喝一杯而已，喝了以后就会开心得像飞上天堂一样。"

彭薇莱还是坚持不喝。看她如此坚决，那个叫老板的人就抓起酒杯，另一只手搂住女孩的脖子，想强行灌下去。女孩急忙推开他的手，起身准备逃开，但是那个男子随即起身追了上去，把女孩逼到墙角。

"不喝酒也行，但你必须跟我走。"

"上哪儿去？"

"上哪儿都行，明早会把你送回来，然后说好的十万块就归你了。十万块，你听见了吗？不是一百、一千或者一万基普，而是十万基普，这些钱你就是卖一年的东西也赚不到，你懂吗？"

话音刚落，那个男子从包里掏出一沓钱，放到彭薇莱眼前。

"你们先把今天的小菜和酒钱付了，其他的再说。"

两人急忙付了钱，然后问道："怎么说呢？跟我走的那件事。"

彭薇莱请两人坐下,然后说道:"抱歉啊,两位哥哥,我在这路边开店,形形色色的人都遇到过不少,你们不应该以貌取人,更不应该随意地给女孩子明码标价。为什么你们看不到女性其他好的方面呢?我是个乡下姑娘,见识少,没机会继续上学,但是作为一个老挝女孩,即便是不能上学,该有的品行和修养也是可以学到的,尽管没有老师,但至少还有父母、村里的长辈会教导啊。唉!"说到这里,彭薇莱叹口气,摇摇头,她发现两人酒意将散,但她不愿意再听他们说什么,就接着说,"真是遗憾,可悲啊,有钱人居然只沉迷于这种事,如此这样,女性的平等从何谈起?哥哥们可知我指的那些女性都是谁?我来告诉你们,她们可能正是你们的妻子,你们的女儿,你们的亲戚,可能正像此刻的我一样,被像你们这样的人用金钱或是一点蝇头小利糟践着。"

妹妹还在等你

◎旁朵宋

已经好几个小时了,时间在一分一秒地流逝。他脑子里千头万绪,郁闷地踱来踱去,无尽的等待使他烦躁难耐。一路同行的朋友,都被亲朋好友接走了,只剩他,还孤零零一人在瓦岱机场里徘徊。

走累了,他就干脆坐在地上,眼睛望向大门,希望能看到所期待的人。时间在流逝,他等的人还未出现。他把目光投向另一边,想分散一下注意力,但他做不到,内心一直焦躁不安,各种猜疑充斥着他的大脑:那封信没有送到女孩的手上吗?还是说女孩收到信了,故意让他……不可能啊!女孩在信上明明写着让他告知回家的时间,并说会来机场接他,是不是她被什么要紧的事情给羁绊住了?

正当他思绪纷乱时,一辆丰田皮卡车从大门开进来,车快开到他面前时减速停了下来。司机是一个俊俏的年轻女孩，身穿一套黑色衣服。女孩优雅地从驾驶室出来，眼神落在这个盯着她看的男人的脸上，露出甜美的笑容，问道："打扰一下哦！哥哥您是叫散迪吗？"

她的提问让男人非常吃惊，因为之前没见过这个女孩，女孩怎么会知道他的名字？他想否认，可面对这么漂亮的女孩，他不忍心，他再次将目光移到女孩的脸上，答道："嗯，是的！妹妹找我有什么事吗？"

女孩没有回答他的问题，而是接着问道："怎么样，一路上还顺利吧？"

"还算顺利，只是有点儿累。"

"对不起，妹妹来晚了，因为有一些事情要处理，请哥哥先上车回家。东西都在这儿了吗？"

女孩的邀请让男人更蒙了，彼此还都不认识就请我上车？还是说女孩认错人了？但为什么她会知道自己的名字呢！不管怎样应该先问清楚事情的来龙去脉。

"呃！啊！不好意思哦，妹妹是谁呀？先告诉一下哥哥吧！"

"散迪哥真是健忘，我就是——是——呃，还是先不说了，待会儿再告诉你吧，你看，太阳都快落山了，先把东西拿上车吧。"

散迪不得已，只好把东西抱上车，内心的疑问一个接一个，没完没了。车从瓦岱机场出来，朝着琅勃拉邦大道开去。女孩娴熟地开着车，男人则看了又看，却还是想不起她是谁。

车开了一段距离后，女孩才说道："哥哥回来得正好，玛丽姐说下周要举行拴线祈福仪式。"

男人的心咯噔一下，就像突然从天空自由落体一样，他打断女孩的话说道："妹妹，你认识玛丽吗？"

女孩用余光看到男人情绪激动，"怎么会不知道，我们是亲姐妹。"

"啊！那么妹妹就是，是西达占对吗？"

"可不就是我嘛！"

"天呐！不敢相信啊，妹妹没有骗我吧？"

"噢，我怎么会骗哥哥，今天玛丽姐说要来机场接你，但有要事在身来不了了，就让我来接。"

"哎哟！妹妹都长这么大啦，出落得越发水灵了。"

散迪无意间的一句话，让女孩羞红了脸。

车转进了澜沧大道，散迪愉快地扫视着眼前的风景，看到首都万象的巨大变化时，内心激动不已，他不禁感叹，这一切都离不开老挝人民革命党的领导，人民群众万众一心的努力。如今的万象，是老挝人民民主共和国名副其实的第一大城市。

一会儿，他才意识到西达占刚刚说的话题还没结束，就问："刚刚妹妹说玛丽姐要拴线，是给谁祈福呀？"

"给她的孩子！"

散迪一脸错愕，张着嘴巴愣在那儿，"那意思——意思是——"

"是的，散迪哥！玛丽姐已经结婚一年多了呢。"

散迪的脸色顿时黯了下来,内心郁闷不已,一直堵到了嗓子眼,刚刚的开心激动全都飞到了九霄云外,变成了心灰意冷,心上人已经另有所属,他内心苦不堪言。天呐!玛丽,你怎么能这样呢?辜负了我的爱,辜负了我的牵挂和每时每刻对你的思念,过去的7年中,我满怀希望,对你忠贞不渝。但为什么,我回来的时候却变成了这样,你好像把我忘了,忘了我们之间的爱情,忘了曾经许下的承诺是吗?

车在路上行驶,他的双耳听不进任何声音,就好像没入了很深的水里。女孩也观察到他面带忧愁,在知道她姐姐已经嫁为人妇后,他感觉心如刀割,女孩后悔自己因为太激动,话说早了。

散迪头昏脑涨,以至于不知道车什么时候停在了家门口。第一个出来迎接他的人就是玛丽,看着自己曾经的爱人,他心里五味杂陈,一切还是老样子,除了她脸上那一点点岁月的痕迹。

玛丽面带微笑,兴奋地和他打招呼:"怎么样,一切都还好吧!天呐,毕竟是到国外生活过的人,比以前更帅气了呢。"

玛丽边说边笑,男人勉强地挤出了一个笑脸,但是那笑容看上去干巴巴的。

"你好,你呢?不要只顾着说我!"

玛丽突然愣了一下,"噢!是真的啊,你不相信的话,可以问西达占嘛。"

西达占一直含笑不语，只是向男人投来温柔的目光，这时传来妈妈的召唤声："噢！刚到家就拉着人家说这说那的，先领哥哥进屋再说嘛，真是不懂事。"

那天晚上，全家人都开心地迎接散迪回家，散迪去越南学医已经7年了。晚饭后，天刚擦黑，散迪就先告辞去休息了，身体强烈的疲倦感向他袭来。但是老天爷啊！以为能轻易入睡，结果却恰恰相反，眼皮就像被什么东西扯着一样。打开记忆的盒子，他想起7年前他和玛丽相爱的画面，他们还相约在他毕业后结婚！可现在，承诺已经随着时间飘散了，除了占据内心的回忆，一切都消失殆尽，就像枯萎了的树叶被风越吹越远……

过去的事情电影般浮现在他的脑海里……

在旧社会他是一个名副其实的"流浪儿"，凭着他的艰苦奋斗，才有了出头之日。他的父亲是一个忠贞爱国的人，那时祖国遭到帝国主义的践踏，为了捍卫国家主权和领土完整，父亲血染沙场，牺牲了自己的生命。父亲去世的时候，他刚好12岁。消息传来，他患有心脏病的母亲如五雷轰顶，病情越发严重，没过几个月，他深爱的母亲也永远地离开了他，留下他独自一人面对这个世界。从那之后，他的人生就陷入狂风暴雨之中，无依无靠。他四处流浪，只能在市场的角落、寺院的亭子里过夜。为了糊口和读书，他什么工作都愿意做，日子就这样一天天过着……直到老挝解放，那时他已经长成了一个青年小伙。新的制度像一束光一样照亮了他灰暗的生活。新的政府将他从那段苦难之中拉了出来，令他重获新生。

可能是宿命吧，他和玛丽相遇了。那天是几号他已经记不清了，为了不让休息日在浑浑噩噩中度过，他便和舍友下田去帮老百姓收割稻谷。就在那天傍晚，他有幸和农场主的女儿玛丽相遇。看到这群年轻人不求回报地来帮忙，农场主全家对他们肃然起敬，对他们也特别友好。尤其是玛丽，和他走得最近。每次见面，玛丽都会邀请他去家里玩，但每次他都回复说时间不巧。收割的季节很快结束了，和玛丽见面的机会也越来越少，但在两人心里都埋下了友谊的种子。那时候他把玛丽当作妹妹一样尊重，玛丽把他当成好朋友。他没有要跨越朋友关系的想法，因为他很清楚自己的处境。虽然与他分开了，但他们在玛丽家稻田里一起干活时留下的欢声笑语，让玛丽常常怀念。玛丽便来宿舍找他，还邀请他去自己家里，并告诉他，她的父母也想让他去家里坐坐。

盛情难却，他决定和玛丽一起回去。

玛丽家的房子很大，有两层。家里只有父母、玛丽和她的一个妹妹。这样的条件，在当时看来已经算是非常富足的人家了。他做梦也没想到，玛丽的父母要收他做养子。玛丽妈妈说："大娘知道你是孤儿，但是没关系，生老病死是自然规律，大娘愿意把你收做养子，如果你不嫌弃的话，就来和我们一起住吧。"

他被玛丽一家人的仁慈善良打动了，自那天之后，他就成了玛丽家的一员。

　　和可爱的女孩生活在同一个屋檐下，他努力调整自己，要把对方当作亲妹妹来看待，但在他内心深处藏着一份难以言表的情感。或许是因为朝夕相处，他的心落入了爱情的旋涡。尽管那时的西达占还是一个小女孩，还没蜕变成少女，不过她的美丽深深地吸引着他，他对西达占表达了自己的爱意，结果懵懵懂懂的西达占还不理解这些情情爱爱之事。那以后他便把丘比特之箭转而射向了玛丽，玛丽满心欢喜地接受了他，并许诺会一直等他回来……时至今日，那些承诺在哪里呢？

　　这晚，一钩弯月挂在浩渺的天空中，满天繁星发出耀眼的光芒，将天空点缀得更加美丽，如同公园里盛放的花朵。寺庙里的音乐循环播放着，父母拉着西达占出去感受节日气氛了，玛丽的丈夫外出工作还没有回来，只剩散迪和玛丽在家。他们俩坐在阳台上聊天，微风徐徐吹来。为了缓解尴尬的气氛，散迪拿出吉他来弹着玩，他的吉他声显得忧伤且失望，让玛丽也沉浸在其中。

　　一首曲子弹毕，玛丽见机说道："散迪哥！你对我很失望吧？"

　　散迪放下手中的吉他，转过脸对着玛丽道："不是的，玛丽，什么事会让我失望呢，我只难过你没有告诉我真相。"

　　玛丽深深地呼了一口气，"我错了！我是担心，怕你伤心难过而影响学习,请哥哥原谅妹妹吧。"

"放宽心吧,玛丽,哥哥永远都不会不原谅妹妹的。"

"妹妹如果一直等到现在,恐怕要老得没法看了。"

"你说得有点夸张啦,哪有那么快老,你还很年轻。"

"不管怎么样,这件事都无法挽回了。"

"你不要想太多,就让往事都过去吧!"

然后他们都沉默了,让各自的思绪流淌在安静的夜色下。最后,玛丽打破了宁静。

"散迪哥!为了弥补对你的亏欠,我想为你做一件事,如果你愿意的话。"

散迪对玛丽的话是丈二和尚摸不着头脑,连忙反问:"你是……是要给我什么吗?"

玛丽哈哈大笑起来,"是一件你期待很久的事情,但那时候时机还不成熟,现在一切都水到渠成了。"

"玛丽你在说什么呀,怎么拐弯抹角的?"

"那我就打开天窗说亮话,如果哥哥心里还装着西达占的话。"

散迪漫不经心地将眼神转向前面,"这个问题恐怕得先问问她的想法比较好。"

玛丽意味深长地笑了,"我知道你喜欢她,爸妈也知道,现在就看你的心是否还和从前一样了,至于西达占嘛,她已经等你很久了。"

散迪迟疑地看着眼前这个自己曾经的爱人,一副云里雾里的样子,内心感到很混乱,悲喜交加。

"你怎么说呢,妹夫?"

"那就照孩子姨妈说的办吧!"

说完,两人愉快地笑出声来。

当我不再疯狂

◎盛普塞·因塔威

一进家门,耳边便传来一些我从未从妻子口中听到过的奇奇怪怪的话。妻子坐着哭喊,一把鼻涕一把眼泪,看上去受了很大的委屈。正当我三步并作两步向前走,想问妻子发生了什么,她的眼睛扫过来瞪向我,我立刻停在原地,那眼神像是立刻要将我千刀万剐!她口若悬河,滔滔不绝,让我应接不暇,她说道:

"你疯了!真的是疯了!你没有工作吗?现在村民的闲言碎语都装满我的耳朵了,如果用篮子来装,也不知道要几个篮子才够。你知道吗,他们说你疯了!疯到无药可治,真的是疯了!"话音刚落,她哭得更厉害了。

我腿都站木了才幡然醒悟,"噗嗤"笑出声来,随即用手捂住嘴巴,生怕她看出来。"疯子?我真的疯了吗?"

事情是这样的,好多次我在路上走着的时候,喜欢把一个大塑料袋挎在肩上,在街上晃来晃去,边走边捡拾别人丢弃的废纸和塑料袋,放入我的大袋子中。装满一袋后我就拿去倒在路边的垃圾桶里,我的眼睛这里瞟瞟那里望望,去寻觅这些东西。路上的车辆川流不息,看得人眼花缭乱,车上的人看见我就笑,我也朝他们笑,紧接着就听他们叫"疯子"。直到这个时候,我才意识到自己的行为就像个疯子。我看了看自己,脏兮兮的衣服,全身沾满灰尘。他们笑完便把喝完的冰咖啡袋子和其他垃圾从车上扔出来。

无论如何,我要管住自己的嘴巴,不和妻子争吵,我心里清楚,如果和她吵起来,后果不堪设想。

此时妻子的手里正握着一把菜刀,她气势汹汹地走过来,用全村都能听到的声音说道:"你真的疯了!你想死吗?能不能活得有点人样?我忍无可忍了,到哪都能听到别人说你疯疯癫癫的样子。"

我尽力控制住自己,不住地点头同意她说的话,边点头边微笑。最后妻子停止了发火,走回去坐在椅子上,差不多安静了20多分钟。我看向妻子,刚想开口和她说说心里话,她就先开口了,我不得不马上打消这个念头。这一次她说话的声音没有之前大了,面色也稍稍缓和了一些,但却一副失望至极的样子道:

"我觉得他们说得对,你已经疯了,才会去捡路边的塑料袋,人家扔,你去捡,真的是疯子,如果能停止这疯狂的举动就好了,我觉得太丢脸了。看到别人吵架,你也要去掺和,即使他们吵的事与你毫无关系……"

  我一言不发,不作争辩,妻子随即停止了说话,周围的一切都安静了下来。接下来五天我都没有出门,把自己关在家中,在家的这五天里,各种各样的画面浮现在我脑海中:一群游客悠闲地走在路上,他们中有的人手里提着冰咖啡袋子,有的吃着零食,有的吃着水果,吃完就将手中的垃圾随地一扔,一阵风刮来,垃圾随风飘起来,飘到了路边的草丛里,有一群牛正在那儿津津有味地吃着草,它们心无旁骛,全身心地享受着当下的幸福。

  妻子那次大发雷霆后,我不得不做出改变,我没必要像一个疯子一样,因为这件事情让家庭破碎。我也不知道该怎么跟路过的人解释我站在路上的疯狂行径是要干什么,他们是无法理解同样行走在路上,目的却和他们相左的人的。我担心的是一旦停止了这种疯狂行为,我的疯癫会不会愈演愈烈。

  这天,我又出门了,但不同于往日,我不再穿着脏兮兮的衣服,不再挎着袋子,也不再捡路边或是其他地方的垃圾。我穿着体面的衣服,骑着自行车,经过每一个我熟悉的地方,随处可见我曾经寻觅过的东西。最后,我停在了一间咖啡店前。以前,当我以"疯子"的身份出现时,这家店主总会把咖啡装在袋子里免费给我喝。而这次的咖啡不是他给的,是我自己买的,咖啡也没有用塑料袋装着，而是装在一只漂亮的玻璃杯里。我和其他人一样坐在那里边喝边环顾四周。这时，刮来一阵大风，不知道从哪里吹来一只塑料袋，不偏不倚，正好贴到了坐在我左边的一位中年男子的脸上，你能对一只没长眼睛的袋子怎么样呢？

男子边用手扒开袋子边埋怨道："见你的鬼去吧！这个破塑料袋。"

"没事吧，大哥！哎呀，这招谁惹谁了呢，这个塑料袋也真是的。"咖啡店老板说道。

"你们也不捡一下。"那名中年男子脸色恢复平静后说道。

"实在是捡不过来呀，也不知道是从哪里来的，太多了。"店老板回答道。

我坐在那里听着客人和店主之间的对话，喝完了一杯咖啡，又点了一杯。

给我端上新的咖啡后，店主继续说道："昨天我听说隆迪大叔的黄牛被塑料袋给弄死了。"

"噢！为什么说是被塑料袋弄死的？"

"唉，不是塑料袋还能是因为什么？剖开牛肚子时发现有两三个塑料袋在里面！"

两人沉默了半响，我的第二杯咖啡喝到一半的时候，那个中年男子又说道："可不是嘛，放在那里的垃圾桶不扔，偏要随地乱扔。"

"十天前的情况就好多了，因为总有一个疯子来捡垃圾去扔。"店主说道。

"现在也不知道他去哪了,没见来喽。"有一个声音从我的右边传来。

"他的疯病怕是好了吧!谁知道呢。"店主说道。

我长长地叹了一口气,喝完杯子里的咖啡,起身走向自行车,边走边想:早晚有一天,我可能又要变回疯子了。

戴面具的人

◎辛戴

我是个在乡下长大的姑娘，每天的生计就是靠摘点野菜，捡点竹笋，拿到城里的集市上去售卖。摘摘捡捡这看似简单的事情实则也不容易，千辛万苦地摘了满满一篮子菜，还卖不到 1000 基普。"随它去吧，"我心里想，"一天赚一两百总好过啥也不干，身无分文。"如果哪天我一无所获，那可就糟糕了，虽说省下了坐公交的钱，可也意味着没有收入，每当这时候我便愁眉不展，一脸郁闷。反之，如果哪天收获颇丰，我心里就说不出地开心。

每次进城，我都没工夫去逛逛那些卖衣服的地方。一旦手里提溜着的东西卖完，就火急火燎地往回赶，生怕赶不上公交车，因为我住得比较偏远。

这天，我拿来的东西早早地卖完了，我把篮子寄放在朋友那儿，想去市场里逛逛。我一个甬道一个甬道地顺着逛,这个甬道走完,就继续扎进下一个甬道。

"逛了一早上,居然空手而归!"我的朋友很是惊讶。

我讪讪地笑着,因为我只是单纯地逛了一圈,啥东西也没敢问,卖家也不怎么搭理我。我穿得很寒酸,还一副抠抠唆唆的样子,一看就知道是乡巴佬进城。

打那天起,我否定了之前"穿什么都是穿"的想法。现在,我要好好捯饬下自己,想买一两套拿得出手的衣服穿着去寺庙,和乡亲们一起去参加庙会。我们村里总是能借办庙会的时机捞上一笔。有一支乐团联系了村里,自称办庙会时所有的事务,不管是吃的喝的,还是桌椅板凳都由他们包办了,庙会结束后还会收拾得妥妥当当,更重要的是他们还给村里算分成。对此,我们邻村的朋友经常打趣道:"你们村不简单呐,又在借着庙会捞金了。"

"他们赚钱也是为了给村里找点修修补补的钱。"我为村里的这种行为辩解道。实际上那些钱我也不知道村干部拿去干了什么,也没见村里盖起个啥来,村容村貌也没有什么改观,学校依旧破破烂烂,进村的道路依旧坑坑洼洼……

后来,我暂时放下了卖菜的活儿,转而去挖藕卖,一"闷"(相当于12公斤)藕可以卖3000多基普,挖出多少商贩收多少。正因为如此,挖藕的人越来越多,从一个人,到两个人,再到三个人……有时候我也不亲自到市场上去卖,而是一迳地卖给村里的朋友,让他们拿去市场倒卖,我则忙着再去找点其他东西来卖。

通过日复一日的积攒,我有了一两万的积蓄。我迫不及待地跑去市场,想买点东西,好向朋友们炫耀炫耀。我径直地朝上次只敢瞄了一眼的那家店走去,边走边想:"只要钱够,我就要买我最心仪的那件衣服。"

"丝质筒裙一条多少钱?"

"一条7000基普。"

"5000卖吗?"

"不卖,进价就6800了,只赚200基普而已!"

一开始我都决定要出手了,这时好像有个声音在我耳边嘀嘀咕咕,说在市场里买东西,一定要狠狠杀价,不卖的话就假装要走,他们便会叫你回去。于是我走进了旁边的一家店,抓起一条筒裙,想故技重施。可能是两家店离得太近,又或者是今天出门的时候心情就不好,老板娘对我没好气地说道:"下次如果没钱买就不用白费口舌了!"

我想大声告诉她"我有钱",但是我没法那样说话,或许是因为我卖东西的时候从来没有那样咄咄逼人的习惯,我悻悻然地走出了那家店。

从那以后,我就不敢再踏进市场半步,生怕那些所谓的"有钱又心善的人"记起我或是调侃我。

突然有一天,丹姐姐来找我爸妈,想让我去她家店里帮忙,我不太想去,哪怕是亲戚家也一样,我朋友阿喜经常跟我说:"去亲戚家做事,我是做够了,累得要死要活,他们还说我没干活,明明吃得很少,他们却说我太能吃,如果在他们还没动手之前就吃饭的话,又说我没规矩……"

我记得阿喜说过的话,便找了各种各样的借口搪塞。最后我答应去是因为听爸爸说:"孩子啊!跟着你丹姐姐去吧,她可不是外人,她爱护你,心疼你,不忍心看你每天苦哈哈地钻树林、挖野菜去卖。她想让你跟着她学点美容的手艺,将来和她一样做个美容师,你觉得怎么样?"

"那我听阿爸的。"

刚开始,我还时不时怀念以前做过的活计,当时虽不富裕,但也算是本本分分的生计。时间久了,那些想法渐渐消失了,这也是因为丹姐姐对我的确很好,每天她都或多或少地传授我一些美容的手法。如果是普通顾客来美容,她就一边做一边嘴里念念有词,好让我听见,我则远远地观察着,等顾客走后,她就会跟我说:"妹妹你认真学,要不了太久就能学会的。"

对她的话我深以为然,我开始喜欢上了美容这个行业,对待这份工作的态度也比以前卖菜时更加用心。

那天是星期天,丹姐姐带我去市场,说是要买身衣服,好好打扮下我,以奖励我最近的努力学习。我站在镜子前,左照右照,忍不住夸赞自己:"现在算是彻底变成个城里姑娘了!"

事实上也确实如此，连上次在店里说我的那位老板娘也没认出我来，只见她滔滔不绝地念叨：妹妹要这套吗？还是那套呢？

"喜欢哪套直接挑！"丹姐姐告诉我。

看到丹姐姐这么大方，老板娘变着法地对我阿谀逢迎，因为一看丹姐姐就是个有钱的主儿，脖子上戴着粗粗的项链，腰间的铜腰带也是沉甸甸的。

"能便宜点吗？"我用手轻轻地戳了戳看中的那套衣服问道。

"妹妹要的话，我给你算特价！要了哈，照顾照顾我生意呗。"

"商人就是商人，他们是一群活在殷勤谄媚面具下的人……"我边想边在心里暗自哂笑。